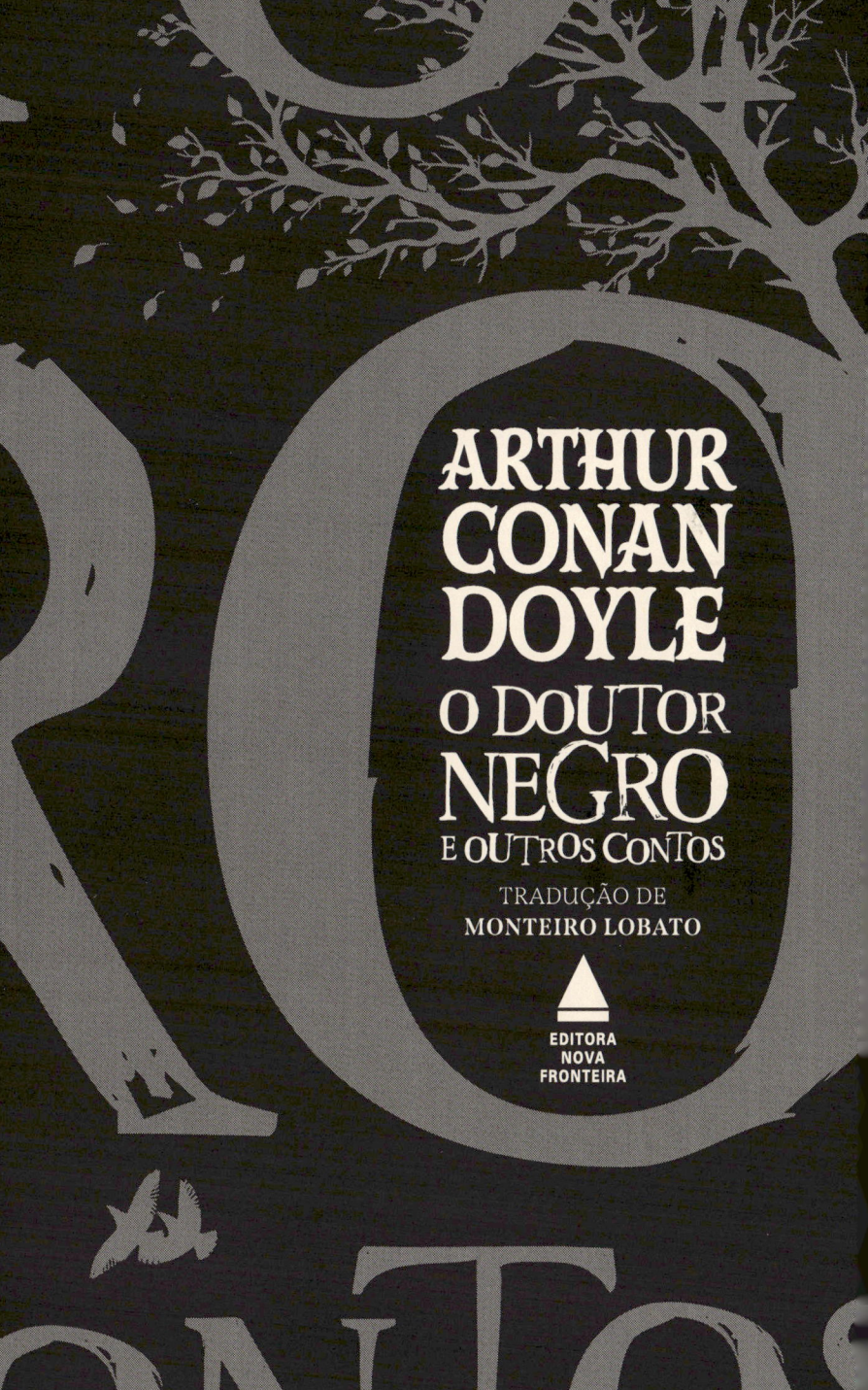

ARTHUR CONAN DOYLE

O DOUTOR NEGRO
E OUTROS CONTOS

TRADUÇÃO DE
MONTEIRO LOBATO

Editora Nova Fronteira

Direitos de edição da obra em língua portuguesa no Brasil adquiridos pela EDITORA NOVA FRONTEIRA PARTICIPAÇÕES S.A. Todos os direitos reservados. Nenhuma parte desta obra pode ser apropriada e estocada em sistema de banco de dados ou processo similar, em qualquer forma ou meio, seja eletrônico, de fotocópia, gravação etc., sem a permissão do detentor do copirraite.

EDITORA NOVA FRONTEIRA PARTICIPAÇÕES S.A.
Av. Rio Branco, 115 — Salas 1201 a 1205 — Centro
20040-004 — Rio de Janeiro — RJ — Brasil
Tel.: (21) 3882-8200

IMAGEM DE CAPA: Arte feita a partir de Andrey_Popov, Hibrida, Kozyreva Elena, Saikorn | Shutterstock

NOTA DA EDITORA: Esta é uma obra de ficção que contém representações e atitudes dentro de um contexto histórico e social. Muitos termos e expressões possuem cunho preconceituoso e não respeitam a diversidade cultural e étnica, reproduzindo o pensamento e os costumes da época em que o livro foi escrito. Tais passagens foram mantidas nesta edição de forma a preservar a obra ficcional do autor e incentivar uma reflexão crítica sobre seu conteúdo.

DADOS INTERNACIONAIS DE CATALOGAÇÃO NA PUBLICAÇÃO (CIP)

D754d Doyle, Arthur Conan
O Doutor Negro e outros contos / Arthur Conan Doyle; traduzido por Monteiro Lobato. - 1. ed. - Rio de Janeiro: Nova Fronteira, 2023. – (Coleção Mistério e Suspense)
176 p.; 13,5 x 20,8 cm;

ISBN: 978-65-5640-633-6

1. Literatura inglesa. I. Lobato, Monteiro. II. Título.

CDD: 820
CDU: 821.111

André Queiroz - CRB-4/2242

Conheça outros livros da editora

SUMÁRIO

O GATO BRASILEIRO
7

O FUNIL DE COURO
23

O CAÇADOR DE BESOUROS
33

O HOMEM DOS RELÓGIOS
46

O CAVIAR
58

O PEITORAL JUDAICO
70

O UNICÓRNIO
84

O TREM PERDIDO
96

O PÉ DE MEU TIO
109

O PROFESSOR DE LEA HOUSE SCHOOL
125

A MÃO MORENA
137

O DEMÔNIO DA TANOARIA
150

O DOUTOR NEGRO
162

O GATO BRASILEIRO

O pior que pode acontecer a um moço de grandes esperanças, finas exigências de gosto e numerosas relações na alta sociedade é não ter dinheiro, nem profissão que lhe permita ganhar dinheiro. Foi o que sucedeu comigo. Meu pai depositava tal confiança na riqueza e benevolência de seu irmão solteiro, Lord Southerton, que não me preparou para ganhar a vida. Imaginava que se não houvesse para mim um cômodo lugar nas propriedades de Southerton não seria difícil arrumar-me num bom posto da diplomacia, carreira que é um dos refúgios para casos desta ordem. Meu pai morreu antes de verificar como errara nos cálculos. Nem meu tio mostrou o menor interesse pela minha pessoa, nem o Estado abriu-me o seu seio amplo. De raro em raro um casal de faisões ou uma cesta de lebres me fazia recordar o fato de ser eu o herdeiro da Otwell House, uma das mais ricas propriedades do país. Durante esse tempo conservei-me solteiro e a morar num apartamento em Grosvenor Mansions, sem outra ocupação além do tiro aos pombos e o jogo do polo em Hurlingham. De mês a mês eu via tornarem-se mais difíceis os meus credores na renovação dos créditos. O espectro da ruína ia tomando formas definidas.

O que mais me fazia doer nesse estado crescente de pobreza era o contraste com os parentes ricos, mesmo pondo de lado Lord Southerton. Depois dele o parente mais próximo chamava-se Everard King, sobrinho

de meu pai e meu primo-irmão, que levava vida aventurosa no Brasil e agora vinha de retorno à Inglaterra para se estabelecer com a fortuna acumulada. Nunca soubemos como havia enriquecido; mas que tinha enriquecido demonstrou-o logo ao chegar com a aquisição da propriedade de Greylands, em Suffolk, perto de Clipton-on-the-Marsh. Durante o seu primeiro ano de residência ali, meu primo ignorou a minha existência, tal qual o miserável Lord Southerton; mas por um dia de verão recebi com imenso deleite uma carta sua convidando-me para passar uma temporada em Greylands Court. Eu andava à espera de outra coisa — dum convite para me apresentar à Corte de Falências, de modo que aquilo me pareceu providencial. Se me relacionasse cordialmente com aquele parente rico, tudo mudaria em minha vida — e assim pensando dei ordem ao meu criado para preparar as valises e na tarde desse mesmo dia parti.

Depois duma baldeação em Ipswich, um trenzinho local soltou-me numa pequena estação deserta, situada em região de pastagens, que tapetavam de verde os morros e desciam pelos vales, no fundo dos quais serpeava um rio tortuoso. Não encontrei carro à minha espera (verifiquei depois que meu telegrama de resposta sofrera atraso) e tomei um no albergue local. O cocheiro abriu-se em louvores à minha família e por ele soube que Everard King já era a grande coisa daquela parte do país. Estava custeando escolas, fazia grandes caridades e abrira suas florestas ao povo. Tanta liberalidade só poderia ser explicada como ambição de penetrar no Parlamento.

Em certo ponto a minha atenção foi desviada do panegírico que o cocheiro fazia para fixar-se numa linda ave empoleirada num poste telegráfico. A princípio pareceu-me um gaio; o tamanho e o brilho da plumagem, porém, mostraram-me logo que não. O cicerone contou-me que pertencia ao parente, o qual tinha a mania de aclimar animais exóticos. Logo depois, ao transpormos os portões do Greylands Park, tive ampla confirmação disso. Alguns veadinhos pintados, um porco do mato, um tatu e uma singular espécie de texugo chamaram-me a atenção, entre muitos outros viventes soltos pelo parque.

Mr. Everard King, o meu primo desconhecido, viera postar-se no patamar da escadaria atraído pelo rumor do carro.

Era um homem de aparência amável, baixo e retaco, aí duns 45 anos, cara bonachona, queimada pelo sol dos trópicos e finamente enrugada. Vestia roupa branca, à moda dos fazendeiros; tinha um charuto na

boca e um largo chapéu panamá no alto da cabeça, a formar auréola com a aba.

— Minha cara — disse ele voltando-se para dentro —, aqui está o nosso hóspede. — E depois, para mim: — Bem-vindo seja a Greylands! Estou encantado de fazer o seu conhecimento, primo Marshall, e considero uma alta gentileza que tenha vindo honrar com a sua presença este deserto.

Nada mais cordial que a sua maneira de receber-me, o que me pôs imediatamente à vontade. O mesmo não sucedeu com sua esposa, uma mulher alta e pálida que se mostrou fria até à rudeza e só apareceu a chamado. Era, imaginei logo, de origem brasileira, embora falasse excelente inglês, e desculpei os seus modos levando-os à conta da ignorância dos costumes ingleses. Ela, entretanto, não procurou esconder, nem no começo nem depois, que de nenhum modo me considerava bem-vindo naquela mansão. Suas palavras eram em regra corteses, mas em seus olhos escuros eu lia o que lhe andava na alma — a ânsia de ver-me pelas costas.

Minhas dívidas, entretanto, chegavam ao zênite e as possibilidades de salvação que havia naquele parente fizeram-me fechar os olhos para aquilo e retribuir sua frieza com franca cordialidade. Meu bom primo nada poupava para tornar-me agradável a visita. Deu-me um encanto de quarto e quase implorou que lhe dissesse de que maneira podia ser-me gentil. Tive ímpetos de declarar que a grande maneira seria dando-me um cheque em branco — mas como era cedo para abordar assuntos dessa ordem, calei o grito da alma. O jantar esteve excelente e depois, enquanto fumávamos havanas fabricados especialmente para o primo, refleti que o cocheiro tinha razão — era impossível haver homem de coração mais aberto.

A despeito, entretanto, desse alegre bom gênio, percebi que Everard era homem de vontade forte e enérgico. Tive prova disso na manhã seguinte. A aversão que sua esposa concebera por mim acentuara-se tanto que durante o *breakfast*[1] se tornou quase ofensiva — e francamente ofensiva num momento em que o marido deixou a sala.

— O melhor trem do dia é o das 12h15 — sugeriu ela.

---

1 Em inglês, café da manhã. Na época em que esta tradução foi feita, era comum o uso de palavras estrangeiras no texto. Portanto, nesta edição, optou-se por respeitar as escolhas de Monteiro Lobato. Em caso de expressões pouco usuais para o leitor brasileiro, traremos uma nota de rodapé na primeira ocorrência no texto. (N.E.)

— Mas não pretendo voltar hoje — respondi num leve tom de desafio, visto que não estava disposto a ser expelido dali por aquela mulher.

— Isso é lá com o senhor — murmurou ela, agravando a insolência do olhar.

— Estou certo de que Mr. Everard King me faria compreender, caso eu estivesse prolongando fora de conta a minha visita.

— Que é isso? Que é isso? — exclamou meu primo entrando; ouvira minhas últimas palavras e o olhar que correu sobre nossos rostos explicara-lhe o resto. A expressão bonachona daquele rosto transfez-se em expressão de ferocidade. — Quer deixar-nos a sós um momento, Marshall?

Retirei-me e ele fechou a porta. Percebi que liquidava contas com a esposa, em voz baixa, não podendo admitir aquela infração do código da hospitalidade — mas como não sou amigo de escutar o que não é dito a mim, retirei-me para o parque. Logo depois ouvi passos e vi que a mulher se aproximava, muito pálida, excitadíssima e em lágrimas.

— Meu marido ordena-me que lhe peça desculpas, Mr. Marshall King — disse ela plantando-se na minha frente com ar de mártir.

— Não diga mais nada, Mrs. King.

Seus olhos fuzilaram.

— Idiota! — sibilou com frenética veemência e, girando nos calcanhares, afastou-se.

O insulto fora tão ultrajante que fiquei atônito, sem saber como agir, e ainda estava nesse estado quando o primo se aproximou, sorridente.

— Espero que minha mulher tenha pedido escusas das observações desagradáveis que fez durante o *breakfast* — disse ele.

— Oh, sim, certamente.

Everard deu-me o braço e pusemo-nos a caminhar pelas ruas ensaibradas.

— Não tome isso a sério — aconselhou-me ele. — Seria para mim doloroso se por esse motivo o primo encurtasse a sua estada aqui de uma hora só que fosse. A explicação de tudo reside no fato de que minha mulher é espantosamente ciumenta. Não suporta que nenhuma criatura, homem ou mulher, se interponha entre nós. Seu ideal é uma ilha deserta e um eterno *tête-à-tête*. A coisa chega a ponto de doença, de mania... e por isso não pense mais no caso.

— Está claro. Já o varri de minha memória.

— Então acenda este charuto e venha conhecer a minha pequena *ménagerie*.²

Toda a tarde passamos a ver os animais exóticos ali reunidos, aves de rica plumagem, animais de pelo e até serpentes. Muitos viviam em liberdade, outros em gaiolas ou jaulas e alguns dentro da casa. Meu primo falava com entusiasmo da sua coleção, contando as vitórias e insucessos no arranjo daquela arca de Noé — e tinha alegrias de menino de escola quando uma ave, ou outro qualquer animalzinho nos vinha interromper a conversa. Por fim levou-me a um puxado nos fundos, onde havia uma porta pesada com um postigo.

— Vou mostrar a joia da minha coleção — disse ele. — Só existe na Europa inteira um outro espécime deste animal. Trata-se de um gato brasileiro.

— E que diferença há entre esse gato e os outros?

— Já vai ver — respondeu meu primo, rindo-se. — Abra o postigo e olhe para dentro.

Assim fiz e vi um recinto vazio, com janelas gradeadas na parede dos fundos. No meio do recinto, num ponto em que batia o sol, estava deitado um felino tão grande como o tigre, mas dum negro luzidio de ébano. Era na realidade um enorme gato deitado ao sol na exata posição dos gatos caseiros. Tão gracioso, tão felinamente diabólico que meus olhos se sentiram fascinados.

— Não é magnífico? — perguntou o primo com calor.

— Esplêndido! Nunca vi animal de maior beleza.

— Muita gente o tem como o puma negro da América, mas na realidade não é. Mede 11 pés da cauda ao focinho. Quatro anos atrás não passava duma bolinha de veludo com dois olhos brilhantes. Um filhote recém-nascido, apanhado nas cabeceiras do rio Negro. A mãe foi morta a pontaços depois de haver tirado a vida de 12 índios caçadores.

— São ferozes assim?

— As mais ferozes e cruéis criaturas da Terra. Fale de um gato destes a um índio³ da região e verá como ele se excita. São comedores de carne humana, à qual dão preferência. Este meu gatinho nunca provou sangue

---

2 *Palavra francesa que designa uma coleção particular de animais em cativeiro, geralmente selvagens e exóticos. (N.E.)*
3 *No original, o autor utilizou o termo "Indian". (N.E.)*

vivo, mas no dia em que o provar... Só admite a mim na jaula. Nem Baldwin, o tratador, entra aqui. Eu sou exceção, porque fiz o papel de sua mãe e de seu pai desde os primeiros momentos.

Depois de dizer isto e com certa apreensão, Everard abriu a porta e introduziu-se no recinto. O felino ergueu-se e veio esfregar-lhe a cabeça aos flancos, enquanto era coçado e mimado.

— Agora, para a jaula, Tommy! — gritou meu primo.

O monstruoso gato afastou-se para um canto. Everard saiu e empunhando uma manivela, forçou-a, fazendo que uma grade de varões de ferro surgisse de dentro da parede e fechasse parte do recinto, de modo a formar uma jaula. Depois disso, Everard abriu a porta e entramos os dois.

— É como arranjei a vida do meu gato. De dia pode dispor deste recinto fechado e à noite dorme na jaula. Para soltá-lo basta mover lá fora a manivela. Não, não, não faça isso!

Eu havia enfiado a mão por entre as barras, arrastado pela tentação de alisar o veludo daquele pelo, mas o primo me detivera, assustado.

— Muito perigoso. Não suponha que porque faço isso outra pessoa o possa fazer também. Tommy só possui um amigo, não é assim, Tommy? Ah, ele já percebeu que o lanche vem vindo. Repare.

Alguém se aproximava ressoando os pés na rua empedrada; o felino ergueu-se e pôs-se a passear de um lado para outro da jaula, os olhos amarelos, muito brilhantes e a língua a entremostrar-se úmida. O tratador apareceu com uma grande posta de carne crua, que introduziu na gaiola por entre os varões. Tommy agarrou-a nos dentes e se foi para um canto onde, depois de segurá-la no chão com as patas, estirou-a com os dentes até arrancar pedaços. Era um quadro cruel, mas fascinante.

— Não admira que eu tenha um *béguin*[4] por este animal — disse meu primo ao retirar-nos dali —, especialmente se for levado em conta que eu o criei. Não foi nada simples trazê-lo do coração da América, mas aqui está em segurança e sadio, e valendo, como já disse, pelo mais belo exemplar que já transpôs o oceano. Os homens do Jardim Zoológico andam doidos por vê-lo lá, mas não tenho ânimo de me apartar deste velho companheiro. Acho, porém, que basta de feras. Já insisti muito no tema e é hora de fazermos como Tommy: lanchar.

---

4 *Em francês, paixão. (N.E.)*

Meu primo sul-americano mostrava-se de tal modo absorvido pelos seus animais que não pude admitir que se interessasse por qualquer outro assunto. Entretanto, vi logo que tinha outras preocupações, pelo número de telegramas que recebia. Vinham a toda hora e ele os abria com visível ansiedade. Supus que fossem telegramas de cotações de títulos, ou então algum grande negócio que estava conduzindo em Suffolk. Durante os seis dias de minha visita nunca deixou de receber menos de quatro telegramas por dia e, às vezes, sete e oito.

Aqueles dias foram bem aproveitados na consolidação de uma séria amizade. As noites passávamos na sala de bilhar, onde me narrou ele as mais extraordinárias aventuras, difíceis de serem atribuídas a uma criatura de aparência tão calma e amável. Em retribuição contei muita coisa da vida londrina, matéria que o interessou a ponto de fazê-lo prometer vir passar uma temporada comigo em Grosvenor Mansions. Estava ansioso para conhecer certos aspectos de Londres e não podia escolher melhor cicerone. No último dia da visita tive ânimo de abrir-me sobre o que mais me preocupava. Falei-lhe francamente de minhas dificuldades financeiras e pedi-lhe conselho, embora o que eu realmente quisesse fosse coisa mais sólida. Everard ouviu-me atentamente, a tirar baforadas do seu charuto.

— Mas você é o herdeiro de Lord Southerton, não é?

— Tenho todas as razões para crer que sim, mas nada me assegurou ele ainda.

— Sei, sei. Já ouvi falar da mesquinharia desse parente. Meu pobre Marshall, a sua posição é bem difícil, não há dúvida. Tem sabido alguma coisa a respeito da saúde de Lord Southerton?

— Desde menino que ouço falar em sua má saúde.

— Eis o perigo. Homem doente, homem para sempre. A herança pode estar muito longe, Marshall. Na realidade, a sua situação é bem difícil.

— Alimentei a esperança de que o primo Everard, conhecendo o caso como agora conhece, se inclinasse a conceder-me uma antecipação...

— Não diga mais nada, meu caro amigo — respondeu Everard com a maior cordialidade. — Falaremos sobre o assunto à noite, e desde já asseguro que o que estiver em mim será feito.

Não lamentei que minha visita estivesse no fim, porque é desagradável sentir que há alguém que reza pela nossa partida. Os olhos inimigos de Mrs. King dia a dia tornavam-se mais odiosos. Se não se mostrava mais rude era apenas de medo do marido; mas levava o ciúme ao extremo de ignorar a

minha presença, nunca me dirigindo a palavra e fazendo assim insustentável a minha posição em Greylands. Tão ofensiva se mostrou durante aquele dia que eu tive ímpetos de partir imediatamente; só não o fiz em virtude da promessa de Everard de debater o meu caso financeiro à noite.

Esse debate começou tarde, visto que meu primo recebera mais telegramas nesse dia do que em qualquer outro e ficara fechado em seu escritório até tarde. Só saiu depois que todos já se haviam recolhido. Vi-o examinar se as portas estavam bem fechadas, como fazia todas as noites, e por fim foi ter comigo à sala de bilhar. Estava vestido de *robe de chambre*,[5] com sandálias turcas sem salto. Estirou-se numa poltrona e preparou um *grog*[6] onde o uísque predominava fortemente.

— Irra! Que noite! — exclamou para começar.

De fato estava uma bem má noite, de vendaval solto a pôr uivos dentro de casa e a estremecer as vidraças. O brilho calmo das lâmpadas e o perfume dos nossos charutos pareciam-nos mais agradáveis pelo contraste do que uivava lá fora.

— Muito bem, meu rapaz; temos toda a noite e toda a casa para nós. Conte-me por miúdo o estado dos seus negócios para ver se neles posso meter ordem. Não omita um detalhe.

Dessa maneira encorajado, comecei uma longa exposição, na qual todos os meus credores, desde o dono do apartamento até o valete, desfilaram por ordem de importância. Eu trazia apontamentos no bolso e para atenuar a situação tudo expus com a maior lealdade e dum modo perfeitamente comercial. Mas começou a desapontar-me ao ver que meu ouvinte se mostrava distraído, a ponto de só fazer observações vagas ou fora de propósito. De quando em quando levantava-se para ver qualquer coisa e ao voltar pedia-me que recomeçasse. Por fim ergueu-se e largou a ponta do charuto no cinzeiro.

— Escute, meu rapaz, eu nunca tive boa cabeça para algarismos. Ponha-me tudo isso num papel. Só compreendo quando leio.

A proposta era encorajadora e prometi fazê-lo.

— E agora, toca a dormir. Uma da madrugada já, imagine.

O tic-tac do relógio era abafado pelo fragor do vento lá fora.

....

5 *Em francês, roupão usado por cima da roupa íntima ou de dormir. No original, o autor utiliza a expressão em inglês. (N.E.)*
6 *Em inglês, grogue, bebida alcoólica misturada com água quente, açúcar e limão. (N.E.)*

— Tenho de ver meu gato antes de deitar-me — disse ele. — Os temporais excitam-no muito. Quer vir comigo?

— Certamente.

— Então, na ponta dos pés. Nada de rumor. Toda a casa está dormindo.

Saímos. Espessa treva envolvia o parque; mas na rua empedrada havia num gancho uma lanterna, que ele tomou e acendeu. Paramos defronte da jaula de Tommy. A fera estava atrás das grades.

— Vamos — disse meu primo, e abriu a porta.

Um rosnido profundo mostrou que o temporal havia realmente excitado o felino. A luz movediça da lanterna permitiu-me vê-lo enrodilhado a um canto, como massa negríssima, a bater a palha com a cauda colérica.

— O pobre Tommy não está de bom humor — disse Everard erguendo a lanterna para vê-lo melhor. — Que aspecto horrível tem! Preciso sossegá-lo com um suplemento de jantar. Pode segurar-me a lanterna por um momento?

Tomei a lanterna e o primo afastou-se, dizendo que a despensa era ali perto.

Ao deixar o recinto fechou sobre si a porta com um sonido metálico que me fez bater o coração. Repentina vaga de terror envolveu-me. O pressentimento de uma monstruosa traição pôs-me calafrios na espinha. Atirei-me à porta. Não se abria por dentro.

— Aqui! — gritei. — Deixe-me sair!

— Caluda! Não faça barulho — respondeu meu primo de fora. — Você está com a lanterna.

— Mas não quero ficar aqui sozinho!

— Não quer? Não ficará sozinho por muito tempo — respondeu ele numa risada.

— Deixe-me sair, sir! — repeti colérico. — Não posso permitir brincadeiras dessa ordem!

— Brincadeira é a palavra — disse ele com outra risada que soou odiosa. E então ouvi, de mistura com o fragor da tempestade, o som já conhecido da manivela que punha em movimento a grade da jaula.

À luz da lanterna vi os varões irem se movendo lentamente. Já havia uma abertura de um pé de largo num dos extremos. Com um grito de pânico atirei-me à grade para impedir de abrir-se mais. Eu estava louco de terror e, com as forças decuplicadas, por um minuto ou dois mantive a grade imóvel. Percebi que Everard punha toda a força na manivela e que em breve eu não poderia mais impedir o recuo da grade. Minhas forças estavam no fim. Comecei a ceder terreno polegada a polegada. Meus pés escorregavam no chão de pedra e eu implorava àquele monstro de homem, com gritos da alma, que não me sacrificasse daquela horrorosa maneira. Apelei para o nosso parentesco. Recordei que eu era seu hóspede. Perguntei-lhe que mal lhe havia feito. A única resposta foi mais força na manivela, a qual, pela multiplicação das alavancas, ia-me quebrando toda a resistência. Por fim não suportei mais a luta. Cedi. Larguei a grade que imediatamente começou a mover-se, aumentando a abertura...

Durante todo esse tempo o felino não se mexeu de onde estava. Permaneceu imóvel, com a cauda em repouso. A aparição de um homem agarrado aos varões de ferro e a berrar parece que o havia surpreendido. Seus olhos amarelos não se despegavam de mim. Eu havia deixado cair a lanterna no momento em que me atraquei à grade e agora ergui-a de novo, como se a luz me ajudasse nalguma coisa. Mas ao fazer esse movimento o felino rosnou ameaçadoramente. Detive-me, como fulminado, com o corpo inteiro sacudido de tremuras. O gato (se é possível dar tão amável nome a tão terrível fera) não estava a mais de dez pés de distância, com os olhos cintilantes como pequenos discos fosforescentes. Olhos que me apavoravam e me fascinavam. Não podia desviar deles os meus. A natureza brinca conosco em certos momentos da vida — aquele acender-se e apagar-se dos olhos da fera parecia isso. Às vezes reduziam-se a pontinhos mínimos — faíscas elétricas na escuridão; depois cresciam a ponto de iluminar sinistramente o recanto da jaula. Depois apagavam-se de novo — e num desses instantes apagou-se completamente.

O felino havia fechado os olhos. Não sei se há alguma verdade na velha ideia de que o olhar humano domina as feras. O fato é que o felino, por qualquer motivo, adormeceu naquele momento. Em vez de mostrar indícios de querer atacar-me, descansou simplesmente a cabeça entre as patas como cão que dorme. Eu estava de pé, imóvel, sem coragem de avançar um passo com medo de arrancar a fera do seu repouso. Felizmente podia pensar, agora que me via livre da fascinação dos olhos amarelos. E pensei. Considerei que estava encerrado, naquela sinistra noite, numa jaula de fera. Meus instintos diziam, independente do que me dissera o autor daquela monstruosidade, que o felino era tão selvagem como o seu dono. Como poderia eu suportar tal situação até que amanhecesse? Pela porta, impossível sair. Fechada. Pelas janelas, idem. Estreitas e gradeadas. Não havia meios de safar-me dali. Gritar pedindo socorro, era absurdo. Não só a jaula ficava muito longe da casa como os uivos do vento abafariam minha voz. Tinha de entregar-me à minha coragem e presença de espírito.

Nisto, com um novo arrepio de horror, meus olhos pousaram sobre a lanterna. Estava prestes a apagar-se. Não podia durar mais de dez minutos. Eu tinha, pois, dez minutos apenas para resolver a situação, visto como no escuro qualquer expediente se tornaria impossível. O simples pensar nisto como que me paralisava a alma. Corri os olhos por aquela câmara da morte e pousei-os num ponto onde o perigo seria um pouco menor do que ali.

Havia em cima da grade, junto ao forro, umas traves de ferro, em cujo desvão caberia um homem deitado. Se eu conseguisse meter-me lá, colado ao forro, ficaria abrigado de dois lados e só vulnerável de frente, e para isso a fera teria de agir aos saltos. Muito melhor do que ficar no chão, na sua passagem — sim, porque ela não tardaria a levantar-se e vir passear pela área. Estudei a posição e, subitamente, alcancei de um salto as traves e suspendi-me até entalar-me entre elas e o forro. Fiquei com o rosto bem em cima da fera, a lhe sentir o hálito fétido de carniça.

O felino, entretanto, parecia mais curioso do que encolerizado. Olhava-me apenas; depois ergueu-se nas patas traseiras, apoiando as dianteiras na parede. Estirou o corpo e com uma das patas atirou-me um golpe de raspão. Suas garras alcançaram-me o joelho, rasgando a calça e lanhando a carne. Não fora um ataque, percebi logo, mas simples experiência, porque após o grito de horror e dor que me escapou ela repôs no chão as patas dianteiras e começou a passear pelo recinto de um lado para outro, detendo-se a espaços para mirar-me com os olhos fosforescentes. Quanto a mim, ajeitei-me lá em cima o melhor que pude, todo encolhido, para ocupar o menor espaço possível.

O felino parecia excitar-se mais e mais. Seu passeio em redor da jaula tornava-se nervoso, e cada vez que por baixo de mim passava a sua enorme sombra, eu me assombrava com o seu tamanho e com o macio dos seus passos. Tinha realmente pés de veludo. A luz da lanterna estava já no bruxuleio que precede o apagar-se. Súbito, um clarão maior — e o escuro se fez — o mais horroroso escuro que alguém possa imaginar.

Nos momentos de perigo consola um pouco saber que estamos fazendo o que é humanamente possível fazer para a defesa. Esse consolo eu tinha. Estava no único ponto que oferecia um bocado menos de perigo

e, portanto, outra coisa não havia a fazer senão esperar pacientemente pelo que desse e viesse. Imobilizei-me em silêncio, porque a imobilidade e o silêncio eram também elementos de defesa — fariam eventualmente que a fera se esquecesse da minha presença. Deviam ser duas horas. Às quatro começaria o amanhecer. Seria possível que eu varasse aquelas duas horas de intervalo?

Fora, a tempestade ainda rugia e golfadas de chuva espirravam ali dentro pelas janelas de grades. A umidade tornava ainda mais vivo o fétido da jaula. Eu não podia ver nem ouvir o felino e, inutilmente, procurei descansar meu pobre cérebro pensando em outra coisa. Impossível. Impossível arrancar o pensamento daquilo — da infâmia, da crueldade inaudita daquele monstro de hipocrisia — um primo, um King! Atrás do seu rosto bonachão escondia-se a ferocidade inconcebível de um inquisidor medieval. E como soubera conduzir habilmente a traição! Havia simulado ter-se recolhido como os demais da casa — e no dia seguinte teria o testemunho de todos em seu favor. Sem que ninguém o pudesse suspeitar atraíra-me para a jaula do felino e lá me encerrara. Sua explicação dos fatos seria simples e convincente. Tinha-me deixado a fumar um charuto na sala de bilhar — lá estava a ponta no cinzeiro como prova. Depois, por minha própria conta eu saíra e fora ter à jaula de Tommy na qual penetrara sem reparar que a grade estava corrida — e como a porta não se abria pelo lado de dentro, eu lá ficara preso. Como poderia esse crime ser-lhe atribuído? E se o suspeitasse, onde as provas?

Como decorreram lentas, infinitas aquelas duas horas! Em certo momento ouvi um som de língua a lamber o chão e, por diversas vezes, vislumbrei dentro do escuro o reflexo dos olhos da fera. Mas sempre de passagem, o que me firmou na crença de que se esquecera de mim. Por fim os primeiros palores da madrugada puseram alguma luz na câmara da morte e pude ver o vulto negro do felino. E ele também pôde ver-me...

Notei logo que o seu aspecto era de maior agressividade do que antes. O frio da manhã o irritava e o apetite devia estar já bem vivo. Com um rosnar contínuo pôs-se a rodear a jaula, agitando a cauda com característicos movimentos da impaciência. Seus olhos amiudavam olhares de terrível ameaça. Senti bem claro que o desejo de atacar-me ia-se formando em seu cérebro. Mesmo assim não pude deixar de admirar o gracioso dos seus movimentos elásticos, e o brilho do veludo de seu pelo, a cauda sempre ondulante e a língua escarlate que de contínuo lhe torneava o focinho.

Os seus rosnidos amiudavam-se num crescendo de cólera. Pressenti iminente uma crise de furor.

Miserável situação para um momento augusto como deve ser o da morte — ali, estirado sobre varões de ferro, enregelado, a tiritar! Meus olhos perquiriam o ambiente na tentativa louca de descobrir um meio de fuga, porque a esperança nunca abandona o homem. Uma ideia lucilou em meu cérebro: verificar se era possível mover a grade. Experimentei. Espichei cautelosamente um braço, agarrei um dos varões e fiz força. Cedeu. A grade moveu-se duas polegadas. Puxei-a de novo com mais força... e nesse momento a fera deu o bote.

Tão rápido foi o salto que nem o vi; apenas ouvi um ronco selvagem e divisei rente aos meus aqueles olhos amarelos, os dentes brancos arreganhados e a língua rubra. O impacto do felino de encontro à armação de ferro fê-la estremecer, e tive a impressão de que se destacara do forro e vinha caindo. O felino manteve-se por instantes agarrado à armação, com as fauces e as patas dianteiras a centímetros do meu corpo, procurando manter-se em suspenso. Ouvi suas garras arranharem o ferro. Depois caiu. O pulo fora mal calculado. A fera errara o bote. Caiu e logo se ergueu, preparando-se para um segundo assalto.

Percebi que meu destino estava na iminência de decidir-se. Todas as criaturas aprendem por tentativas. O felino errara o primeiro bote, mas não erraria o segundo ou o terceiro. Eu tinha de agir de qualquer modo. O instinto fez-me arrancar o casaco e lançá-lo de encontro ao seu focinho — e quase ao mesmo tempo agarrei um dos varões da grade e puxei-o com toda a força do desespero.

A grade correu mais facilmente do que esperei e com o impulso me senti arrastado na mesma direção. Caí. Mas por felicidade inaudita caí do lado oposto àquele em que estava a fera. Isso ocorreu num ápice, enquanto o felino, embaraçado pelo meu casaco caído sobre sua cabeça, espatifava-o com as patas; mas não fui da minha parte bastante rápido para livrar-me do seu segundo bote, que me alcançou através das barras. Uma pata correra pelo vão e me lanhara a perna. Caí, sangrando e já a perder os sentidos, mas separado dela pelos varões de ferro e livre de novo assalto.

Muito ferido para mover-me e quase desmaiado, ali fiquei por terra, mais morto que vivo, a olhar. O felino desencadeado em fúria atirava-se contra os varões de ferro num esforço supremo para alcançar-me, como o gato que procura arrancar o rato da ratoeira. Eu já ouvira falar do efeito

entorpecente dos ferimentos causados pelos grandes carnívoros e agora estava a senti-lo em mim. Fui como que perdendo o senso da personalidade e fiquei a olhar para o acesso de furor da fera como para um curioso espetáculo que não me dizia respeito. Meu espírito foi gradualmente desvairando para sonhos vagos e estranhos, como se o nirvana estivesse a abrir-se para mim. E só.

Reconstituindo os acontecimentos suponho que estive inconsciente cerca de duas horas. Fui despertado por um ruído de ferragens — o mesmo ruído que ouvira na véspera quando Everard veio exibir-me a fera da sua predileção. Era a porta que se abria. Alguém a abria. Meus sentidos foram despertando e reconheci a cara bonachona do meu carrasco. Era ele quem abria a porta. E a fera? Olhei. Estava deitada, alerta. Olhei para mim. Vi-me em trapos, estirado numa poça de sangue. Meu primo olhava para o meu lado com assombro nos olhos. Nunca hei de esquecer a expressão do seu rosto. Espiou-me, indeciso, admirado. Depois penetrou no recinto.

Não me proponho a descrever o que se passou. Meu estado não permitia observação apurada. Vislumbrei tudo vagamente. Lembro-me de vê-lo estacar diante do felino deitado. Lembro-me de suas palavras.

— Tommy, meu velho Tommy!

Depois vi-o aproximar-se da grade, de costas voltadas para mim. E gritava em outro tom de voz:

— Sai, sai, estúpido animal! Deite-se! Não conhece o seu dono?

Lembro-me que nesse momento me acudiu à memória o que ele dissera na véspera a respeito do sangue vivo — que se aquele felino o provasse transformar-se-ia num demônio. E Tommy provara meu sangue ainda quente...

— Fora. Sai! Sai! Sai, demônio! Baldwin, Baldwin! Oh, meu Deus!

Ouvi mais essas exclamações e depois um som de corpo que cai, e que cai de novo — e depois sons surdos de carne estraçalhada. Seus gritos de dor foram-se apagando em gemidos convulsos, que um rosnar de vitória dominava. E depois, e depois vi ainda um vulto sangrento erguer-se pela última vez, e cair... e nada mais vi porque perdi os sentidos novamente.

Levei meses para sarar por completo — se é que posso dizer assim. Cem anos que viva e nunca se me apagarão da memória os estigmas da noite horrenda passada na câmara da morte. Baldwin, o tratador, e outros criados contavam que, atraídos pelos urros do patrão, encontraram-me dentro da jaula, e do outro lado os restos, os farrapos sangrentos do "pai e da mãe" do felino. Mataram-no a tiros e só depois vieram acudir-me. Fui levado para meu quarto e lá, sob o teto do meu carrasco, passei várias semanas entre a vida e a morte. Um cirurgião veio de Clipton e uma enfermeira, de Londres. Só um mês depois pude ser transportado para os meus aposentos em Grosvenor Mansions.

Tenho como recordação desse período um misto de delírio e realidade. Certa noite, num momento em que a enfermeira se afastou do quarto, a porta abriu-se e uma mulher alta entrou, vestida de preto. Dirigiu-se para o meu lado e inclinou sobre mim o seu rosto lívido — e naqueles olhos sempre tão hostis vi uma expressão muito diversa.

— Já pode ouvir-me? — perguntou ela.

Fiz que sim, fraco que ainda estava.

— Então saiba que unicamente o senhor foi o culpado de tudo. Fiz o que pude para livrá-lo da tragédia. Desde o primeiro momento procurei afastá-lo desta casa. Por todos os meios o tentei, meios que não denunciassem meu marido. Eu conhecia o motivo pelo qual ele o atraiu aqui. Eu tinha convicção de que desta casa o senhor não sairia nunca mais. Ninguém o conhecia tanto como eu, a sua maior vítima. Não me animei a preveni-lo para não ser morta. Mas fiz o que pude para ser compreendida. O rumo que tomaram as coisas fizeram do senhor o meu melhor amigo; o meu salvador, a mim que só esperava a salvação na morte. Lamento imenso que esteja nesse estado, mas não tenho culpa. Lembre-se de que o chamei de louco, e louco o senhor se mostrou, completo.

Depois dessas palavras retirou-se. Nunca mais vi essa estranha mulher. Vim a saber que com o que restava da fortuna do seu marido regressou para sua pátria, entrando para um convento em Pernambuco.

Só depois que voltei para Londres é que os médicos me deram esperanças de cura completa — e eu "poderia então voltar aos meus negócios", disseram-me eles. Lembrei-me da minha má situação e receei que a voz de alta fosse o sinal para um novo assalto de credores. Em vez disso aconteceu coisa muito diversa. Meu advogado Summers aproveitou-se das boas-novas dadas pelos médicos para entrar no meu quarto e dizer:

— Estou muito satisfeito que vossa senhoria esteja já com alta. Ando ansioso à espera deste momento.

— Que é que significa isso, Summers? O momento não é ainda para pilhérias. Vossa senhoria...

— Não há pilhéria em minhas palavras. Vossa senhoria há já três semanas que é o novo Lord Southerton, mas receando que a notícia retardasse o andamento da convalescença, retardei a notícia.

Lord Southerton! Um dos mais ricos pares da Inglaterra! Seria possível?

— Quererá dizer que Lord Southerton morreu mais ou menos por ocasião da minha tragédia?

— Morreu exatamente naquela ocasião — disse Summers, e fez uma pausa, como incerto se me contaria tudo: um escândalo de família. Depois continuou: — Sim, uma coincidência bastante curiosa. Creio que o senhor sabe que o seu primo Everard King era o herdeiro imediato. Se o tigre tivesse estraçalhado vossa senhoria em vez de estraçalhar a ele, Lord Southerton seria hoje ele.

— Está claro.

— E seu primo tomou grande interesse no caso. Vim a saber que o criado de confiança do velho Southerton lhe telegrafava continuamente, dando notícias do enfermo. Isto foi na semana que Vossa Senhoria passou em Greylands. Não é estranho que ele se mantivesse assim bem informado, sendo um dos herdeiros possíveis, mas não o herdeiro direto?

— Realmente. Muito estranho me parece tudo isso — murmurei. E mudando de assunto: — Meu caro Summers, o que foi, foi. Preciso agora de um livro de cheques para botar minha vida em ordem. Pode fazer-me esse favor?

O FUNIL DE COURO

Meu amigo, Leonel Dacre, morava em Paris, na avenida Wagramo. Sua casa era uma de grades de ferro, com pequena área de grama na frente, à esquerda de quem desce o Arco do Triunfo. A mim deu-me essa casa a impressão de já lá existir quando a avenida foi aberta — talvez por causa da velhice do telhado, todo manchas de liquens, e do encardido das paredes, desbotadas pelos anos. Parecia pequena vista de fora; era, entretanto, comprida, com uma longa sala que ia da frente aos fundos. Nesta sala reunira Dacre uma singular biblioteca de livros raros, que serviam como hobby para ele e regalo dos seus amigos.

Homem de largas posses e de gostos requintados, Dacre gastara boa parte da fortuna formando aquela coleção verdadeiramente única em matéria de obras cabalísticas e mágicas. Suas predileções inclinavam-no para o maravilhoso e o monstruoso, levando-o mesmo a extremos condenados pela civilização e pela decência. Com os seus amigos ingleses fechava-se, ou dava-se como um simples virtuose; mas assegurou-me um francês, de paladar afim ao seu, que até missas negras haviam sido celebradas ali.

O físico de Dacre dizia logo que o seu interesse por tais perversões era mais intelectual do que espiritual. Nenhum traço de ascetismo naquele rosto empastado; mas muito indício de força mental no crânio em forma de domo nu, circulado de cabelos crespos; dava sua cabeça a ideia dum pico de neve emerso dum franjado de pinheiros. Tinha a erudição mais vasta que a sabedoria, e força e poder maiores que o caráter. Os olhinhos brilhantes, afundados no rosto carnudo, brilhavam numa insaciável curiosidade da vida – curiosidade de sensualista egocêntrico.

Basta isso sobre o homem, que já morreu, o coitado, e justamente quando imaginava ter descoberto o elixir da longa vida. Não é do seu caráter, tão complexo, que pretendo aqui tratar, e sim do inexplicável acontecimento que, durante uma visita, testemunhei em sua casa, na primavera de 1882.

Eu conhecera Dacre na Inglaterra, durante minhas pesquisas pelos museus Assírio e Britânico; interesse comum em descobrir a significação esotérica dos tijolos assírios nos ligara. Conversamos continuamente e acabei prometendo aparecer em sua casa na minha próxima ida a Paris. Não ficou isso em promessa. Logo que fui a Paris lembrei-me do convite e procurei-o. Eu ficara alojado em Fontainebleau, de modo que essa visita iria obrigar-me a dormir em Paris. Dacre ofereceu-me pouso em sua casa.

— Tenho aqui este divã — disse apontando para um amplo sofá do salão. — Creio que se ajeitará nele confortavelmente.

Um singular quarto de dormir aquele, com as paredes forradas de livros raros; nada melhor, entretanto, para um rato de biblioteca da minha marca, ao qual deleitava até o bafio indefinível que emana dos *in folios*.[1] Aceitei o convite.

— Se o que o rodeia não é adequado ao ato de dormir — disse ele apontando para as estantes —, pelo menos me custou muito dinheiro. Livros, armas, gemas, entalhes, tapeçarias, imagens... nada há aqui que não tenha a sua história, e em geral uma história digna de ouvir-se.

Estava ele sentado diante da chaminé, ao lado da sua mesa de leitura. No alto havia uma lâmpada que projetava largo disco de luz sobre a mesa, apanhando em cheio um palimpsesto[2] desenrolado e vários outros objetos de bricabraque. Um deles chamou-me a atenção — funil grande, como os usados para encher quintos de vinho. Parecia de madeira negra e tinha nos bordos um debrum de metal.

— Curioso esse funil — observei. — Há alguma história ligada a ele?

....

1 *Livros no formato de uma folha impressa dobrada ao meio, de que resultam cadernos de quatro páginas.* (N.E.)
2 *Pergaminho cujo texto original foi raspado para dar lugar a um novo.* (N.E.)

— É uma pergunta que muito repeti a mim mesmo — respondeu Dacre.
— Examine-o.

Assim fiz e vi logo que não era de madeira e sim de couro, ressequido ao extremo com o decorrer dos anos. Um funil aí da capacidade de um litro.

— Que missão imagina teve esse funil no mundo?

— Calculo que pertenceu a algum vinhateiro ou cervejeiro da Idade Média — respondi. Vi na Inglaterra odres de couro para vinho, os chamados *black jacks* do século XVII, com esta mesma cor e dureza.

— Este funil deve ser do mesmo século — observou Dacre —, e não tenho dúvidas de que foi usado para encher algum recipiente. Um estranho vinhateiro o usou para encher de água um recipiente mais estranho ainda... Não está vendo nada no bico?

Examinei-o mais atentamente e vi que, a umas cinco polegadas de altura do bico do funil, estava como que mordido ou trabalhado por algum instrumento rombo.

— Alguém tentou cortá-lo neste ponto — sugeri.

— Acha que foi uma tentativa de corte?

— Está amolgado e lacerado. Houve necessidade de forte pressão para produzir esses sinais, qualquer que fosse o instrumento usado. Mas qual é a sua hipótese, Dacre? Estou vendo que sabe mais do que eu.

O colecionador sorriu, com um brilho malicioso nos olhos. Depois fez um rodeio.

— Diga-me: os sonhos estão incluídos em seus estudos de psicologia?

— Quê? Homem... ignoro até que os sonhos fazem parte da psicologia — respondi.

— Meu caro — disse ele então —, aquela estante ali, acima do estojo, está cheia de obras de Albertus Magnus e outros mestres na matéria.

— Ciência de charlatães.

— O charlatão é sempre um pioneiro. Do astrólogo antigo ao astrônomo atual, do alquimista ao químico, do mesmerista ao psicólogo experimental há apenas uma evolução. O charlatão de ontem é o professor de amanhã. Essa matéria ainda tão elusiva, que é o sonho, há de ser, no futuro, desvendada e sistematizada. Quando tal tempo chegar, as investigações nessa estante presidida por Albertus Magnus não serão de simples curiosidade ou misticismo, mas sim de séria indagação científica.

— Admitindo que assim seja, que tem isso com o nosso funil?

— Ouça. O amigo não ignora que tenho um observador sempre na pista de curiosidades para este museu. Dias atrás ele descobriu que um judeu do Cais havia adquirido o conteúdo de um velho móvel descoberto nos badulaques de uma casa da rua Mathurin. A sala de jantar dessa casa era decorada de uma cota de armas composta de barras vermelhas em campo de prata, que pesquisas posteriores demonstraram ser o brasão de Nicholas de la Reynie. Verificado isso, não houve mais dúvidas sobre a idade daqueles objetos, sendo de inferência lógica que todos haviam pertencido a la Reynie, um alto funcionário do tempo de Luiz XIV, ao qual incumbia a execução das leis mais horrorosas da época.

— E depois?

— Quero que examine o funil na ourela de latão. Vê algum sinal de letra?

Olhei de perto e vi no azinhavrado um vestígio de letra que me deu a impressão de um *B*.

— Acha que é um *B*? — perguntou Dacre.

— Sim. Parece-me.

— A mim também, e não tenho dúvidas.

— Mas Nicholas de la Reyne não tinha *B* no nome — objetei.

— Exatamente, e isso faz o interesse do caso. La Reynie estava apenas na posse do curioso objeto. A inicial não é sua. Agora pergunto: por que conservava ele este funil?

— Não posso adivinhar. E a sua hipótese qual é?

— Tenho uma bastante lógica; mas veja se observa qualquer coisa mais gravada na ourela de latão, perto da inicial.

— Parece-me distinguir uma coroa.

— E realmente é uma coroa. Examine-a bem próximo da luz.

Redobrei de atenção e pude distinguir uma coroa heráldica — quatro pérolas em alternação com folhas de morango sobre uma barra — a coroa dos marqueses.

— Acha então que este grosseiro funil pertenceu a algum marquês? — perguntei.

Dacre sorriu de um modo peculiar.

— É o que podemos deduzir do que está gravado.

— Mas que tem isso com os sonhos, homem? — indaguei, e uma sutil sugestão de horror empolgou-me ao lançar de novo os olhos sobre a amolgadura do funil.

— Tem que por várias vezes os sonhos me hão fornecido soluções para os meus casos — respondeu ele didaticamente. — E por isso constitui em regra recorrer ao sonho sempre que me defronta um enigma. Para isso deito-me com o objeto em causa e durmo à espera de que durante a noite ele me influencie a psíquica. O processo parece-me interessante, embora ainda não haja recebido o selo da ciência ortodoxa. De acordo com a minha teoria, todo objeto que já esteve intimamente associado a uma criatura num paroxismo de alegria ou dor retém uma certa atmosfera, que se transmite às psíquicas sensitivas. Por psíquica sensitiva não entendo nada de anormal, e sim um cérebro treinado e educado, como o seu ou o meu.

— Quer dizer então que se eu dormir ao lado daquela espada ali, sonharei com os duelos ou combates em que essa arma funcionou?

— Exatamente, e já fiz a experiência com essa mesma espada. Dormi com ela sob o travesseiro e em sonhos assisti à morte do seu manejador numa escaramuça do tempo da Fronda, como pude identificar por meio de certos detalhes. Fatos desta ordem já foram observados pelos antigos, embora nós, do alto dos nossos tamancos, os classifiquemos de superstições.

— Dê um exemplo.

— O costume de colocar o bolo de noivado sob o travesseiro dos noivos para que tenham sonhos deliciosos. É um dos muitos casos que eu cito na brochura que ando a escrever sobre a matéria. Mas voltando ao nosso ponto: uma noite dormi com esse funil e tive um estranho sonho que me esclareceu tudo.

— ...?

— Sonhei que... — começou Dacre, mas interrompeu-se tomado de súbita ideia. — Por Jove! Está aí uma interessantíssima experiência a fazer. Repetirmos a experiência, desta vez com o amigo! Que acha?

— Não me parece que eu tenha a psíquica adequada...

— Verificaremos isso. Está combinado? Antes de dormir coloque o funil o mais próximo possível da cabeça, ao lado do travesseiro, como eu fiz.

A proposição soou-me cômica; tenho, entretanto, um singular pendor para o fantástico, de modo que, sem dar nenhum crédito às teorias de Dacre, nem esperar resultados da experiência, dispus-me a fazer como fora combinado. Dacre, com grande seriedade, ajeitou uma armação à cabeceira do divã e colocou em cima o funil. Depois deu-me boas-noites e recolheu-se.

Fiquei ainda alguns minutos a fumar ao pé do fogo, pensando na experiência que ia fazer. Cético que eu era, mesmo assim não deixou de impressionar-me a segurança com que Dacre falara, além de que o estranho do ambiente era de molde a predispor-me de certa maneira. Por fim despi-me, deitei-me e apaguei a luz. Custou-me a vir o sono, mas afinal dormi. Dormi e sonhei — e o que sonhei tenho até hoje na memória tão claro como cena vista e revista em plena vigília.

Era um lúgubre aposento abobadado, com quatro segmentos de esfera a juntarem-se no topo. Arquitetura rude e maciça; tratava-se evidentemente de uma dependência de castelo.

Três homens vestidos de preto, com chapéus à moda do século XVII, ocupavam um estrado coberto por um tapete vermelho. Caras terrivelmente solenes. À esquerda, um oficial de balandrau sustinha uma pasta atochada de papéis. À direita, voltada de frente para mim, uma mulher de cabelos louros e de singulares olhos azuis — olhos de criança. Já não era moça, embora me parecesse muito bem conservada. Seu rosto possuía linhas firmes, tocadas de orgulho e confiança. Muito pálida, mas serena. Havia algo de felino em sua expressão; as linhas da boca sugeriam crueldade. Vestia uma espécie de camisola branca. Um padre lhe murmurava qualquer coisa ao ouvido e mantinha um crucifixo à altura de seu rosto. Por uns instantes a mulher fixou os olhos no crucifixo, e em seguida os volveu para os homens de preto, que me deram a impressão de juízes.

Súbito, ergueram-se os três, e um pronunciou palavras que não pude perceber. A seguir retiraram-se, acompanhados do de balandrau, portador dos papéis. Mal saíram os juízes, entraram vários homens de má cara, robustos; removeram o tapete vermelho e depois os assentos e o estrado, deixando nua a sala. Logo depois via-a estranhamente mobiliada. Surgira um leito de madeira, com roscas, de modo que pudesse encurtar-se ou espichar-se. Cordas pendiam de ganchos do teto. No conjunto lembrava uma sala moderna de ginástica.

Novo personagem entrou em cena. Um homem alto e magro, também vestido de preto, com ar feroz. A vista dessa criatura causou-me arrepios. Sua roupa parecia manchada de gordura e sangue velho. Entrou com impressionante dignidade, como se a partir daquele momento tudo corresse por sua conta. A despeito da rude aparência e do sórdido vestuário, estava no *seu* ofício, na *sua* sala de trabalho e no comando. Trazia um rolo de cordas enfiado no braço esquerdo. A mulher olhou-o com expressão interrogativa, mas sem denotar pavor. Mostrava-se ainda confiante – e, mais que isso, desafiante. Já a atitude do sacerdote era muito outra. Tinha o rosto horrivelmente pálido e a suar grossas bagas. De mãos postas, murmurava aos ouvidos da penitente orações ditas em tom de desespero.

O homem de roupa manchada avançou e com a corda que trazia amarrou as mãos da mulher. Nenhuma resistência. Ela as estendeu naturalmente. Em seguida o homem tomou-a pelo braço e levou-a para um cavalete no qual a amarrou de costas, face para o teto. Nesse momento o padre, trêmulo de horror, fugiu da sala. Os lábios da mulher moviam-se como se estivesse falando e, conquanto eu nada ouvisse, pareceu-me que orava. Seus pés pendiam lado a lado do cavalete, e um dos carrascos veio amarrá-los a argolas embutidas no chão.

Um horrível engulho da alma tomou-me ao ver aqueles preparativos, embora pela fascinação do horror não conseguisse tirar os olhos da cena. Nisto entrou na câmara de tortura um homem carregando um balde de água em cada mão; atrás surgiu outro com um terceiro balde e uma vasilha de cabo, evidentemente destinada a tirar a água dos baldes aos poucos. O carrasco chefe tomou esta vasilha e fez gesto a um ajudante, que logo se adiantou com um objeto que me pareceu familiar e agora vejo que era este nosso funil. Introduziu-o com extrema brutalidade na boca da mulher... Não suportei a cena. Meus cabelos estavam eriçados de horror. Debati-me na cama e arranquei-me ao sono – e com imenso alívio vi-me de novo no meu século, ali naquela sala de livros raros, com a lua a coar sua luz mortiça pelas vidraças. Que estranha sensação de conforto ao ver-me longe daquela abóbada medieval, de novo no meu tempo, este abençoado tempo em que há corações no peito dos homens. Sentei no divã ainda a tremer de horror. Pensar que aquilo era de uso corrente e fazia-se sem que Deus fulminasse os carrascos...

O sonho... Puro delírio da imaginação ou realmente correspondia a um fato sucedido nos dias sombrios, cruéis da história mundial? Estava a pensar nisso, com a cabeça entre as mãos, quando um vulto manchou a semiobscuridade do aposento.

O pânico empolgou-me. Não raciocinei. Tudo paralisou-se-me por dentro. Senti-me subitamente congelado, estarrecido. Só quando o vulto cruzou a faixa de luar é que o reconheci.

– Que tem, meu amigo? – indagou Dacre em tom inquieto. – Que cara horrível...

— Oh, Dacre, que alívio vê-lo! Andei por uns momentos no inferno. Hediondo, hediondo!

— Foi então você quem gritou?

— Não sei, mas é provável.

— Um grito horrível, que varou a casa inteira. Os criados estão em pânico — disse Dacre reacendendo a lâmpada. — Vamos agora avivar este fogo — acrescentou lançando mais lenha sobre as cinzas da lareira. — Meu caro, que palidez! Parece que viu fantasma.

— Vi, de fato. Muitos...

— Quer dizer que o funil de couro atuou?

— Sim, e não dormirei mais ao lado dessa coisa infernal nem por todo o dinheiro do mundo.

Dacre sorriu, feliz.

— Esperei apenas proporcionar ao amigo uma noite curiosa — disse ele —, mas o grito que ouvi, de horror puro, fez-me ver que não está afeito a tais emoções. Imagino que assistiu a todo o drama, não?

— Que drama?

— O drama da tortura da água, ou a Questão Extraordinária, como lhe chamavam naqueles grandes dias do Rei Sol. Suportou tudo até o fim?

— Graças a Deus, não. Despertei antes que a tortura começasse.

— Foi bom assim. Eu sou mais forte. Assisti a tudo, até o despejo do terceiro balde. História velha, meu caro, com todos os protagonistas já reduzidos ao pó do túmulo. Mas tem ideia do que viu?

— A tortura de alguma criminosa, evidentemente. E devia ser uma criminosa horrível, aquela mulher, para merecer tão horrendo castigo.

— Temos essa pequena consolação — disse Dacre ajeitando-se na poltrona e cobrindo os pés com uma manta. — O castigo esteve realmente à altura dos crimes, se é que estou certo na minha identificação da dama.

— Acha que conseguiu identificá-la?

Como resposta Dacre foi buscar um livro em uma das estantes.

— Leia isto — disse-me abrindo-o em certo ponto. — É francês do século XVII, mas com tradução ao lado. Julgue por si mesmo se decifrei ou não o mistério.

"A condenada foi trazida para a Grande Câmara do Parlamento, preparada para o tribunal, e lá foi acusada do assassínio de Master Dreux d'Aubray, seu pai e dois irmãos, um tenente civil e, outro, conselheiro do Parlamento. Seu aspecto físico parecia negar que ela realmente fosse a

autora de tantos crimes; era de medíocre estatura, fisionomia suave, pele muito alva e olhos azuis. O tribunal condenou-a à Questão Ordinária e à Extraordinária, de modo a forçá-la a denunciar seus cúmplices; depois disso teria de ser levada em carreta à praça de Grève, para ter a cabeça cortada e o corpo reduzido a cinzas e espalhado aos ventos."

Data: 16 de julho de 1676.

— É muito interessante, mas não estou absolutamente certo — objetei. — Como provar que as duas mulheres são a mesma?

— Vou caminhando para isso — respondeu Dacre. — A narrativa diz de como se comportou no suplício. "Quando o carrasco se aproximou, ela o reconheceu pelo rolo de cordas que trazia no braço e imediatamente apresentou-lhe as mãos para que as amarrasse, olhando-o de alto a baixo sem uma palavra." Que acha disto?

— Realmente. Foi exato o que vi em meu sonho.

— "A condenada olhou firme para o cavalete e para as argolas que já haviam retorcido tantos membros e provocado tantos paroxismos de agonia. Quando seus olhos deram com os três baldes de água, murmurou num sorriso: 'Toda essa água, senhor, deve ter sido trazida para me afogar, porque não admito que me suponham capaz de engoli-la toda.'" Quer que leia os detalhes da tortura?

— Pelo amor de Deus, não!

— Aqui está um trecho bastante sugestivo como concordância com o seu sonho: "O abade Pirot, não podendo suportar as agonias sofridas pela penitente, fugiu da sala horrorizado." Não está perfeito?

— Íssimo. Já não tenho dúvidas. Mas quem era essa criatura de aparência tão atraente e que teve tão horrível fim?

Dacre respondeu projetando a luz de modo a dar relevo ao que estava gravado na ourela do funil.

— Já assentamos — disse ele — que este brasão é de um marquês ou marquesa, como também assentamos que a letra mais visível é um *B*.

— Perfeitamente.

— Eu agora sugiro que as outras letras da esquerda para a direita são M, M, um *d* minúsculo, um *A*, outro *d* e o nosso *B*.

— Parece-me que sim. Deve ser isso mesmo.

— O que li há pouco é o relatório oficial do julgamento de Maria Madalena d'Aubray, marquesa de Brinvilliers, uma das mais famosas envenenadoras de todos os tempos — disse Dacre, calando-se dramaticamente.

Calei-me também, empolgado pelo extraordinário do caso e convencido pelas provas esmagadoras. De um modo vago, lembrei-me de alguns detalhes da carreira dessa mulher — da fria e lenta tortura com que extinguiu a vida de seu pai enfermo e de como matou os irmãos por motivo de interesses. Recordei que a firmeza com que recebera o castigo havia atenuado o horror dos seus crimes, fazendo Paris se emocionar no último momento e a abençoar qual mártir, pouco depois de a ter ferozmente insultado nas ruas, quando a marquesa passou rumo ao cadafalso.

— Como viria parar o seu nome e o seu brasão neste funil? — indaguei. — Não posso crer que a homenagem aos antigos nobres fosse a ponto de decorar os instrumentos com que eram torturados.

— Isso também me intrigou — disse Dacre —, mas há uma explicação muito simples. O caso da Brinvilliers despertara enorme sensação em Paris. Nada mais natural que la Reynie, o chefe das execuções, quisesse conservar este funil como lembrança da tragédia. Não era comum terem as marquesas de França o fim que teve a Brinvilliers. E o fazer gravar o brasão e o nome da marquesa no metal do funil decorre muito logicamente de todas essas circunstâncias.

— E isto? — perguntei apontando para a amolgadura do bico.

— A marquesa de Brinvilliers tinha a crueldade do tigre — respondeu Dacre levantando-se para repor na estante o livro. — Natural, pois, que tivesse dentes terrivelmente fortes, como os tigres.

O CAÇADOR DE BESOUROS

—Curiosa experiência? — disse o doutor. — Sim, meus amigos, tive uma bem curiosa experiência e não espero outra, porque é contra o cálculo das probabilidades que duas coisas dessa ordem possam acontecer a um mesmo homem. Creiam vocês ou não, o caso deu-se.

"Eu acabava de doutorar-me e ainda não começara a clinicar. Tinha meu quarto na Gower Street, numa casa de sacadas, à esquerda de quem vai para a Metropolitan Station. A viúva Murchison a conduzia e tinha por esse tempo três pensionistas, estudantes de medicina e um de engenharia. Meu quarto era quase no sótão e o mais barato; mesmo assim vi-me em dificuldades para conservá-lo. Meus escassos recursos estavam no fim e tornava-se premente que me aparecesse trabalho. A clínica não me seduzia; meu pendor era todo para a ciência pura, ou, melhor, para a zoologia. Já me ia dispondo, entretanto, a contrariar a vocação e a meter-me na clínica de todos os principiantes quando o caso extraordinário ocorreu.

Certa manhã, abri o Standard.[1] Nada que me interessasse. Súbito, de relance, meus olhos caíram num anúncio. 'Precisa-se por um ou mais dias dos serviços de um médico. É essencial que tenha bom físico, nervos

---

1 *Jornal no formato padrão.*

firmes e resolução pronta. Deve conhecer entomologia – de preferência a especialidade coleópteros. Apresentar-se em pessoa antes das 12 horas, hoje, Brook Street, 77."

Ora, eu me especializara em zoologia e de todos os seus ramos o que mais me interessava era justamente o entomológico, particularizado no estudo dos besouros. Colecionadores de borboletas existem muitos, mas eu preferira os besouros em vista da grande variedade existente nestas ilhas. Pus-me a colecioná-los, chegando a reunir centenas de variedades. Nesse ponto o anúncio me interessava. Quanto às demais condições – força física, por exemplo –, eu também as satisfazia, vencedor que fora de um concurso de ginástica na escola. Consultei o relógio. Havia tempo. Tomei um *cab*[2] e rodei para Brook Street.

Durante o percurso fui dando tratos à bola para adivinhar que espécie de emprego requeria aquelas qualificações. Força física, resolução, conhecimentos médicos, especialização em besouros – que nexo poderia haver entre coisas tão díspares? E a brevidade do serviço – um dia ou mais... Refleti a fundo sobre o enigma e fiquei na mesma; entretanto, como estava no fim dos meus recursos, o que quer que fosse me serviria no momento.

O número 77 da Brook Street era um casarão encardido, mas imponente, com esse ar sólido e respeitável que marca o período Georgiano. Ao saltar do *cab* vi sair da casa um moço, que passando por mim me lançou um olhar maligno. Tomei-o como bom agouro. Era evidentemente um candidato rejeitado e foi, portanto, com mais esperanças que entrei e bati.

Um criado de libré veio abrir. Era casa de gente rica.

– Que deseja? – indagou.

– Li um anúncio...

– Suba, senhor. Lord Linchemere o receberá na biblioteca.

Lord Linchemere! Vagamente eu conhecia esse nome, embora não me acudissem detalhes. Segui o criado. Entrei para uma espaçosa biblioteca, onde vi sentado à secretária um homenzinho de aspecto agradável, barbeado de fresco, rosto expressivo, cabelos grisalhos e testa larga. Olhou-me de alto a baixo com olhos verrumantes, tendo ainda entre os dedos o meu cartão de visita. Depois sorriu, como se reconhecesse em mim as qualidades externas que desejava.

....

2 *Na época, a expressão em inglês se referia a carros de aluguel, tanto os puxados por cavalos quanto os motorizados. (N.E.)*

— Veio trazido pelo meu anúncio, dr. Hamilton? — perguntou.
— Sim, senhor.
— Possui os requisitos indicados?
— Creio que possuo.
— Vejo que fisicamente é um homem forte.
— Isso lá sou e bastante.
— Sabe por experiência o que é correr perigo?
— Não. Nunca me aventurei em coisa nenhuma.
— Mas supõe que possui presença de espírito e sangue-frio?
— Imagino que sim.
— Bem. Suas respostas agradam-me mais que a de muitos que já se apresentaram e minha impressão é que realiza o tipo de homem que necessito. Passemos a outro ponto.
— Qual é ele?
— Quero que discorra sobre besouros.

Olhei-o surpreso, como se ele estivesse a brincar; mas vi que não; o homem debruçara-se na secretária com uma expressão de ansiedade nos olhos.

— Estou com receio de que o senhor nada saiba sobre besouros — disse-me ao notar a minha indecisão.
— Ao contrário, senhor; é justamente um assunto da minha competência. Sou especialista nesses coleópteros.
— Ótimo! Fale-me deles, então.

E falei. Falei o que sabia. Dei um resumo das características desses insetos, com descrição das variedades mais interessantes e fazendo alusões a vários exemplares da minha coleção. Também citei um artigo sobre os escaravelhos que publiquei no *Journal of Entomological Science*.

— Quê! Um colecionador? — exclamou Lord Linchemere. — Quer dizer que é um colecionador? — E seus olhos dançavam de alegria. — Creio então, doutor, que é talvez o único homem em Londres adequado aos meus propósitos. Sempre imaginei que entre os milhões de habitantes desta cidade houvesse um que me servisse, mas temia não conseguir pôr-lhe as mãos em cima. Vejo que tive sorte.

Tocou a campainha e um criado apareceu.

— Peça a Lady Rossiter que tenha a bondade de vir até aqui — disse ele, e momentos depois uma senhora dava entrada na biblioteca.

Miúda, de meia-idade, muito parecida com Lord Linchemere nas feições e na vivacidade da fisionomia. Notei-lhe no rosto a mesma expressão de ansiedade que transparecia no de Lord Linchemere. Algum íntimo sofrimento sombreava seus olhos. Fomos apresentados e nesse momento pude observar uma cicatriz recente, de duas polegadas de extensão, que a dama apresentava na testa. Bem disfarçada sob um indumento qualquer, mas mesmo assim percebi-a e avaliei-lhe a gravidade.

— O dr. Hamilton parece ser o nosso homem, Evelyn — disse ele. — É um colecionador de besouros, com estudos publicados a respeito.

— Realmente? — exclamou a lady. — Nesse caso deve conhecer meu marido. Não há quem lide com besouros e ignore Sir Thomas Rossiter.

Um raio de luz penetrou em meu cérebro. Estava ali a conexão daquela gente com os besouros. Sir Rossiter era a maior autoridade mundial sobre o assunto. Tinha-os estudado a vida inteira e escrito um tratado exaustivo sobre a espécie. Apressei-me em declarar a Lady Rossiter que eu era um discípulo do seu marido.

— Conhece-o? — perguntou ela.

— Não tenho essa honra.

— Precisa conhecê-lo — disse Lord Linchemere com decisão.

A dama, que estava de pé ao lado da secretária, apoiou-se sobre o seu ombro. Esse gesto fez-me ver que eram irmãos.

— Está você realmente decidido a isso, Charles? É nobre de sua parte, mas tenho muito medo — disse ela com voz cheia de apreensão.

— Sim, minha cara. Está tudo resolvido. Não existe outro caminho. Temos de levar avante aquele plano.

— Há um, muito simples...

— Não, Evelyn. Eu jamais a abandonarei, jamais! Tudo acabará bem; e parece que a Providência está intervindo, com mandar-nos o instrumento exato.

Minha posição tornava-se embaraçosa, ao ver discutir-se um assunto que me punha de lado. Mas Lord Linchemere voltou atrás e explicou-se.

— O negócio que temos a propor-lhe, dr. Hamilton, é que fique absolutamente ao nosso dispor. Preciso que passe um dia ou dois ao meu lado e se comprometa a fazer tudo quanto eu determinar, sem pedir explicações por mais absurdo que pareça.

— É pedir alguma coisa — murmurei um tanto decepcionado.

— Infelizmente não posso ser mais explícito, porque eu mesmo não sei como os fatos irão desenrolar-se. Mas o senhor pode ficar certo de que nada exigirei de si que vá de encontro à sua consciência, e desde já asseguro que no fim vai sentir-se orgulhoso de haver cooperado numa boa obra.

— Se tudo acabar bem... — objetou a dama.

— Está claro — disse Lord Linchemere.

— E os termos do nosso trato? — perguntei.

— Vinte libras por dia de serviço.

Espantei-me com a dinheirama e creio que a surpresa se mostrou em meu rosto.

— A tarefa exige uma rara concorrência de qualidades, como o senhor deve ter depreendido do anúncio — ajuntou Lord Linchemere —; a coexistência desses requisitos no dr. Hamilton impõe paga relativa. Não escondo que a tarefa é árdua e possivelmente perigosa, mas curta. Espero que em dois dias tudo esteja terminado.

— Deus o queira! — suspirou a lady.

— Então, dr. Hamilton, estamos combinados? Posso contar com a sua pessoa?

— Pode — respondi. — Peço agora que determine o que devo fazer.

— A primeira coisa será voltar para sua casa e fazer as malas para breve excursão pelo interior. Partiremos juntos da Paddington Station, às 3h40, esta tarde.

— Temos que ir longe?

— Até Pangsbourne. Eu o esperarei junto ao *stand* de livros, às 3h30 e terei comigo as passagens. Adeus, dr. Hamilton. Duas coisas deve trazer: uma caixa para besouros e uma bengala, a mais pesada e rija que tiver.

Vocês podem imaginar como ficou minha cabeça do momento em que deixei o 77 de Brook Street ao momento em que me encontrei com Linchemere em Paddington. Aquele fantástico negócio agia em meu cérebro caleidoscopicamente, e por mais hipóteses que eu formulasse não surgia uma com visos de possibilidade. Por fim abandonei a esperança de chegar a uma conclusão e tratei de conformar-me estritamente com as instruções recebidas. Com uma valise de mão e uma grossa bengala ferrada, fui postar-me no ponto indicado, à espera do lord. Vi-o chegar na hora e notei que era ainda de menor estatura do que parecera em sua casa — franzino ao extremo, e mostrava-se ainda mais nervoso que de manhã. Vestia um espesso casaco de viagem e trazia também uma pesada bengala.

— Tenho os bilhetes — disse-me tomando o rumo da plataforma do trem das 3h40. — Vamos de cabina, porque estou particularmente ansioso em confidenciar certas coisas durante o trajeto.

A confidência foi breve — Lord Linchemere punha-se sob a minha proteção e insistia em que eu não me afastasse de si um só instante. Levou a repetir isto sob diversas formas durante a viagem inteira, o que mostrou como tinha os nervos abalados.

— Sim — disse ele, mais em resposta ao meu olhar do que às minhas palavras. — Estou nervoso, sim, dr. Hamilton. Sempre fui tímido, timidez que decorre da minha saúde fraca. Mas a alma é forte, e não há perigo que eu não enfrente. O passo que vou dar não decorre de nenhuma compulsão; é pura e simplesmente ditado pelo senso do dever. E bastante perigoso. Se as coisas correrem mal, farei jus a um diploma de mártir...

Aquele eterno falar por enigmas estava a enervar-me. Achei que era tempo de pedir explicações claras.

— Julgo muito melhor que me ponha ao par de tudo, sem rodeios — disse eu. — Não posso comprometer-me a uma ação eficiente se desconheço os antecedentes do caso e nem sequer sei para onde vamos.

— Nesta última parte não é preciso haver mistério — respondeu-me Lord Linchemere. — Vamos para Delemare Court, a residência de Lord Rossiter, com o qual teremos de nos avir. Quanto ao objetivo da nossa visita, não creio necessário tocarmos no assunto agora. Apenas direi que iremos agir em benefício de minha irmã, Lady Rossiter, que deseja a todo o transe evitar um escândalo de família. Como é assim, o doutor compreende que me vejo impedido de dar qualquer esclarecimento fora os absolutamente indispensáveis. É da sua ação decisiva no instante oportuno que precisarei, e indicarei esse instante.

Nada mais foi dito, e um pobre homem pago a vinte libras por dia não tinha o direito de esperar mais. Suspeitei, entretanto, que Lord Linchemere estava agindo mal comigo, com querer fazer-me passivo instrumento do que tinha lá na cabeça. A sua discrição forçava-me a confiar apenas em meus próprios olhos e em minha perspicácia para apanhar os fios da meada.

Delemare Court fica a umas cinco milhas distante da estação de Pangbourne, e para lá nos dirigimos. Durante o trajeto, Lord Linchemere, mergulhado em profundas reflexões, conservou-se calado e só falou para dar-me uma informação que me surpreendeu.

— Sabe que também sou médico? — disse ele de repente.

— Não, senhor. Não sabia.

— Pois sou. Formei-me num tempo em que havia diversas vidas entre mim e o pariato. Não tive, entretanto, oportunidade de clinicar, mas não lamento o tempo que passei em estudos. Chegamos. É aqui a Delemere Court.

Dois pilares coroados de monstros heráldicos davam entrada para uma avenida aberta entre loureiros e rododendros, ao fim da qual aparecia a mansão — casa patriarcal revestida de hera que entremostrava a espaços o nu dos tijolos. Meus olhos ainda estavam a mirar com deleite a beleza do conjunto quando o meu companheiro me puxou pela manga.

— Lá está Sir Thomas. Faça o favor de conversar a respeito de besouros o mais que possa.

Um homem alto, seco e anguloso emergira de uma touça de loureiros. Trazia numa das mãos enluvadas a pá de jardinagem. O chapéu de abas largas escondia-lhe as feições na sombra; mesmo assim impressionou-me o ar severo, agravado pela barba de má formação.

— Meu caro Thomas, como vai? — saudou Linchemere adiantando-se num ímpeto cordial.

Mas a cordialidade não foi recíproca. O dono da mansão olhou-me por cima dos ombros do cunhado e pude apanhar pedaços de frases nada boas para mim — 'desejos muito sabidos... detesto intromissões... injustificável intrusão... perfeitamente dispensável.' Houve explicações em voz baixa e por fim os dois aproximaram-se de onde eu estava.

— Deixe-me apresentá-lo a Sir Thomas Rossiter, dr. Hamilton — disse Linchemere. — Verão logo quanta afinidade os liga em certa matéria.

Inclinei a cabeça numa reverência. Sir Thomas conservou-se ereto, a olhar-me com severidade de dentro da sombra do chapéu.

— Lord Linchemere diz-me que o senhor sabe algo a respeito de besouros — começou ele. — Que é que supõe que sabe?

— Sei o que aprendi em seus próprios livros, Sir Thomas — foi a minha humilde resposta.

— Diga-me os nomes das espécies de escaravelhos mais conhecidas na Inglaterra — pediu-me ele a seguir.

Eu não esperava por um exame; mas felizmente estava preparado. Minhas respostas pareceram satisfatórias e sua severidade foi-se atenuando aos poucos.

— Suponho que leu meus livros com algum proveito — disse por fim. — Raramente encontro quem tome um interesse inteligente pelo assunto. Todo mundo só acha tempo para as futilidades do esporte e vida social e despreza os escaravelhos. Fique certo que a maioria dos idiotas deste país ignora que eu haja escrito esse livro, e que fui o primeiro homem a descrever as verdadeiras funções dos élitros. Fico bastante satisfeito de travar conhecimento com a sua pessoa, dr. Hamilton, e não tenho dúvidas sobre o interesse que vai sentir por umas variedades raras da minha coleção.

E acompanhou-nos até a casa, a falar dos seus recentes estudos da anatomia do *lady-bird*.[3] Chegando ao alpendre, tirou o chapéu e então pude observar uma característica que me estivera oculta. Sua testa, naturalmente ampla e mais ainda pela progressão da calvície, estava em movimento contínuo. Algum desarranjo nervoso mantinha os nervos da pele num contínuo vai e vem espasmódico, fenômeno que eu jamais observara.

— Sinto muito — disse ele — que Lady Rossiter não esteja cá para recebê-lo. E por falar nisso, Charles... Evelyn não disse quando pretende voltar?

— Evelyn pretende ficar em Londres por uns dias — respondeu Linchemere. — Você sabe como os deveres sociais tomam o tempo das mulheres que passam temporadas muito longas no interior. Minha irmã possui muitas relações em Londres.

— Bem. Ela é dona de si, e não desejo atrapalhar os seus planos; mas terei muito prazer em vê-la aqui quanto antes. A casa fica vazia em excesso sem Evelyn.

— Receei isso e por isso vim. Aqui o meu amigo, dr. Hamilton, mostrou-se tão interessado em besouros que não achei demais trazê-lo também.

— Eu levo uma vida muito segregada, dr. Hamilton, e minha aversão por estranhos cresce com a idade — disse Lord Rossiter. — Às vezes chego a pensar que meus nervos já não são o que eram. Minhas viagens atrás de besouros levaram-me a regiões maláricas e miasmáticas. Talvez o mal provenha disso. Mas um irmão entomólogo como o senhor é sempre bem-vindo e terei prazer em mostrar-lhe a minha coleção que, sem exagero algum, é considerada a mais completa do continente.

---

3 Em inglês, joaninha. (N.E.)

E era-o, na realidade. Lord Rossiter possuía um gabinete de carvalho com gavetas rasas, onde empalara besouros de todas as partes do mundo – negros, pardos, azuis, verdes, pintalgados. E cada vez que corria a mão por sobre qualquer das inúmeras fileiras de insetos alfinetados, era inevitável deter-se num ou noutro, tomá-lo entre os dedos como a uma preciosa relíquia e discorrer sobre suas particularidades ou sobre as circunstâncias da sua captura. Não era comum ter em sua casa ouvintes do meu naipe, de modo que o velho entomólogo falou, falou, falou como talvez nunca em sua vida e só se deteve ao soar do gongo anunciando o jantar. Durante todo esse tempo Lord Linchemere nada disse, mas conservou-se rente do cunhado, a estudar-lhe atentamente a fisionomia. Seu rosto denunciava emoção, simpatia, esperança. Sobretudo apreensão. Vi que estava à espera de que sobreviesse algo estranho.

A noite passou-se calma e agradável, e ter-me-ia sido uma excelente noite se não fora a permanente tensão nervosa que eu notava em Lord Linchemere. Quanto ao sábio, humanizava-se cada vez mais. Falou várias vezes com ternura da sua esposa ausente e do filho que acabava de entrar para um colégio. A casa deixara de ser a mesma depois dessa dupla ausência, disse ele, e não fossem os seus estudos teria dificuldade em viver ali. Depois do jantar fumamos por algum tempo no salão de bilhar e recolhemo-nos.

Nesse momento uma suspeita me passou pelo espírito – que Lord Linchemere fosse um maluco. Assim que entrei para o meu quarto, apareceu ele por lá.

— Dr. Hamilton – murmurou aflito –, é preciso que venha passar a noite em meu quarto.

— Qual a razão? – indaguei.

— Prefiro nada explicar. Meu quarto é o contíguo e o senhor poderá deixá-lo amanhã cedo, antes que o criado nos chame.

— Mas por quê? – insisti.

— Porque... a solidão me deixa nervoso. Está aí uma razão, já que exige uma.

Embora suspeitando que Lord Linchemere fosse um lunático, a escusa dada pareceu-me razoável. Acompanhei-o, pois, ao quarto contíguo.

— Muito bem – disse eu ao entrar. – Mas vejo uma só cama aqui.

— Um de nós dormirá e o outro ficará de guarda.

— Como? Tem receio de ser atacado? – perguntei.

— Talvez.

— E por que então deixa a porta aberta?

— Talvez eu *queira* ser atacado.

Essa resposta vinha confirmar minhas suspeitas quanto à integridade dos miolos de Lord Linchemere; não obstante calei-me, encolhendo os ombros, e acomodei-me numa poltrona junto à lareira.

— Tenho então de ficar de guarda, não é assim? — murmurei pro forma.

— Dividiremos a noite. O senhor fica de guarda até duas horas e eu daí por diante.

— Muito bem.

— Chame-me às duas.

— Chamarei.

— Fique atento. Se ouvir qualquer rumor estranho, acorde-me... Acorde-me imediatamente, ouviu?

— Fique descansado — respondi procurando falar no mesmo tom solene por ele assumido.

Lord Linchemere despiu apenas o casaco e deitou-se, depois de um último aviso:

— Pelo amor de Deus, não vá dormir. Veja lá, hein?

Foi uma vigília melancólica, agravada pelas minhas suspeitas quanto à sanidade mental do meu companheiro de quarto. Se estava realmente correndo algum perigo naquela casa, por que diabo não fechara a porta? O seu 'talvez eu queira ser atacado' parecia-me absurdo. Por que havia de o querer? E quem teria interesse em atacá-lo? Evidentemente Linchemere estava sofrendo das faculdades mentais e em consequência eu ia ter uma noite passada em claro. Não obstante eu me pusera a seu serviço e tinha de cumprir o trato. Acomodei-me na poltrona, e no silêncio da noite só lembro ter ouvido os quartos de hora de um relógio do corredor. O tempo fluía com lentidão extrema. Silêncio completo. Uma lamparina de azeite pouco clareava o centro do quarto, deixando os cantos no escuro. Linchemere respirava calmo, de dar-me inveja. Meus olhos ardiam, pesados, e só por um esforço de vontade eu os conservava abertos. Para isso tinha de esfregá-los amiúde e de beliscar-me com frequência.

Quando o relógio marcou duas horas ergui-me com um suspiro de alívio e fui despertar o companheiro. Linchemere sentou-se na cama imediatamente, com uma viva expressão de interesse no rosto.

— Ouviu qualquer coisa? — foi a pergunta.

— Nada, senhor. Vim acordá-lo porque já são duas horas.

— Muito bem. Ficarei de guarda pelo resto da noite.

Trocamos de postos e adormeci sem demora. Minha última visão foi a do vulto mirrado de Lord Linchemere e de seu rosto inquieto, batido pela luz da lamparina.

Quanto tempo durou meu sono, ignoro; só sei que fui despertado por um forte empurrão no braço. O quarto estava completamente escuro e o cheiro característico do azeite queimado deu-me a sensação de que a lamparina apagara naquele momento.

— Depressa! Depressa! — sussurrou-me Linchemere ao ouvido.

Saltei da cama, com ele ainda agarrado ao meu braço.

— Por aqui! — E puxou-me para um canto do aposento. — Escute!

No silêncio ambiente pude distinguir com clareza passos no corredor — passos abafados e intermitentes de quem caminha com todas as cautelas. Havia às vezes pausas de vários segundos; logo depois um imperceptível estalido denunciava a continuação da marcha. Meu companheiro tremia excitadíssimo, sempre agarrado a mim.

— Quem é? — sussurrei.

— Ele!

— Sir Thomas?

— Sim...

— Que pretenderá?

— *Chut!*[4] Nada sem minha ordem.

Nesse momento tive a impressão de que alguém procurava mover o trinco. Logo depois uma fita vertical de luz difusa mostrou-me que a porta se entreabrira. Havia uma lâmpada no corredor. A fita de luz foi-se alargando em faixa, na qual logo se desenhou a silhueta de um homem. Vinha agachado, rastejante. A porta abriu-se ainda mais e a sinistra silhueta tomou-lhe toda a abertura.

Nesse momento o vulto projetou-se de um salto para dentro do cômodo e desferiu três violentos golpes sobre a cama vazia.

Senti-me paralisado de assombro, com os olhos a saltarem-me das órbitas. Um grito de socorro soou. A porta abrira-se de todo e, à luz que vinha do corredor, pude ver Lord Linchemere atracado ao pescoço de

....

4 *Interjeição francesa que expressa pedido de silêncio. No original, a palavra está em inglês. (N.E.)*

Sir Thomas com a fúria de um pequeno buldogue que ferra um mastim. O alentado e ossudo entomólogo recuou e girou, procurando arrancar de si o assaltante; mas Linchemere, que o atacara pelas costas, mantinha a presa, embora seus gritos mostrassem como temia a desigualdade da luta. Atirei-me em seu socorro e os dois juntos conseguimos dar com Sir Thomas em terra. Apesar da minha robusta mocidade tive de empregar todo o meu peso e toda a minha força para subjugar aquele homem; por fim conseguimos amarrar-lhe os braços às costas com o cordão do seu próprio robe de chambre. E fiquei a imobilizá-lo enquanto meu companheiro ia reacender a lamparina. Nisto ressoaram passos precipitados no corredor e logo depois os três criados da casa irromperam no aposento. Com o auxílio deles pude prender completamente a presa que se debatia e espumejava no chão. O transtornado das suas feições mostrou-me claro que estava louco e o pesado martelo que jazia perto da cama revelou a intenção homicida com que viera ao nosso quarto.

— Não empregue nenhuma violência — recomendou Lord Linchemere quando pusemos o louco de pé. — Vai já cair em coma, depois dessa excitação. Está começando...

De fato, as convulsões de Sir Thomas foram remitindo, menos e menos violentas, até que sua cabeça pendeu como a de quem cai no sono. Levamo-lo para o seu quarto e o pusemos na cama, onde ficou em estado de inconsciência, a respirar pesadamente.

— Fiquem aqui de guarda dois de vocês — ordenou Linchemere aos criados —, e agora, dr. Hamilton, podemos voltar para nosso quarto, e vai ouvir tudo. Haja o que houver, o senhor jamais se arrependerá do serviço que me prestou esta noite.

'O caso é simples', disse-me Linchemere quando ficamos a sós. 'Meu pobre cunhado é uma das melhores criaturas do mundo — marido exemplar, pai amantíssimo; mas provém de uma estirpe ligada à loucura. Já várias vezes foi assaltado de ímpetos homicidas, e o mais penoso é que ataca justamente as pessoas mais caras. Seu filho foi mandado para o colégio por causa disso e minha irmã chegou a ser atacada, como o senhor viu em Londres os ferimentos que recebeu. Sir Thomas, está claro, ignora completamente isto; quando retorna à lucidez não guarda memória de coisa nenhuma, e, pois, não pode admitir os fatos. Uma das características desse tipo de loucura é a impossibilidade de convencer o paciente das ações que comete nos períodos de crise.

Nosso grande objetivo era pegá-lo num momento em que estivesse a pique de cometer um crime, mas havia dificuldades. É um solitário que vive fora do mundo e jamais admitiria que um médico pusesse os pés aqui. Ora, era-nos indispensável que num desses momentos um médico se convencesse da sua loucura — porque fora das crises Sir Thomas é tão normal como eu ou o senhor. Por felicidade, dias antes de ter esses ataques ele começa a dar avisos na verdade providenciais. Aquele tique na testa, notou-o? É um nervoso que sempre aparece de três a quatro dias antes de uma nova crise. Desta vez, assim que o sinal se mostrou, minha irmã voou para Londres e refugiou-se em minha casa.

Ocorreu-me então o alvitre de convencer um médico da sua loucura, de modo que pudesse atestá-la e assim permitir-nos interná-lo num manicômio. A primeira dificuldade era meter um médico neste solar. Daí minha lembrança de lançar mão da sua mania entomológica e do prazer que ele sentiria em confabular com um colega da especialidade. Publiquei o anúncio e tive a sorte de encontrar exatamente o auxiliar de que necessitava. Força física me era indispensável nesse auxiliar, para socorrer-me com eficiência, visto que o alvo do ataque seria naturalmente eu. Entre serviçais, um estranho e um cunhado, o cunhado seria a vítima natural. O resto o senhor adivinha.

Eu não podia ter a certeza de que o ataque ocorresse esta noite, mas achei-o provável em vista dos outros acessos terem sobrevindo sempre altas horas. Sou, como já deve ter observado, muito nervoso e fraco; entretanto não vi outro meio de correr em socorro de minha irmã, cuja vida estava constantemente ameaçada. Espero agora que o dr. Hamilton não se recuse a fornecer-me um atestado sobre o estado mental de Sir Thomas.'

— Sem dúvida. Mas creio que são necessárias duas assinaturas.

— O senhor esquece que também sou médico. Os papéis estão prontos na mesa da sala. Podemos assiná-las já, e amanhã o paciente será internado.

Eis como a minha visita a Lord Rossiter, o famoso caçador de besouros, constituiu o primeiro degrau da escada por onde subi. Lady Rossiter e Lord Linchemere mostraram-se gratíssimos do meu concurso e jamais se esqueceram do que lhes fiz num momento de perigo. Sir Thomas já deixou o manicômio curado, dizem; eu, entretanto, se passar mais alguma noite na Delemere Court terei o cuidado de fechar a porta antes de dormir."

O HOMEM DOS RELÓGIOS

Muita gente ainda deve estar lembrada do barulhento caso que na primavera de 1892 tanto preocupou a imprensa — o Mistério de Rugby. Sobrevindo numa época de pasmaceira, atraiu esse caso a atenção do público mais do que devia. Era um misto de trágico e maravilhoso, exatamente como o quer a curiosidade humana. O interesse finalmente desapareceu quando, após infrutíferas investigações, foi verificada a impossibilidade de uma solução — e o Mistério de Rugby viu-se enterrado no arquivo dos problemas insolúveis. Recente comunicação, entretanto, vem esclarecê-lo.

Antes de abordar o assunto temos de voltar atrás e reviver os fatos naquele tempo tão debatidos. Eram os seguintes:

Às cinco horas da tarde do dia 13 de março de 1892, um trem partiu de Euston Station para Manchester. Dia chuvoso e feíssimo, e dos mais impróprios para viajar. Aquele trem, entretanto, era o favorito dos homens de negócios porque fazia o percurso em quatro horas e vinte com apenas três paradas pelo caminho. Isso explica a razão pela qual, a despeito do mau tempo, os carros se encheram como de costume. O chefe do trem era um velho e sólido funcionário com 22 anos de serviço, chamado John Palmer.

O relógio da estação ia bater cinco horas e Palmer já se aprestava para dar ao maquinista o sinal de partida, quando viu dois passageiros atrasados que se aproximavam correndo. Um era um homem excessivamente alto, vestido de um longo sobretudo de punhos e gola de astrakan. De cinquenta a sessenta anos de idade, mas excepcionalmente bem conservado. Vinha de mala de couro em punho. O outro era uma senhora alta e esticada, de passos largos, bem abrigada num *waterproof*[1] e com o rosto escondido em um véu negro. Dava a impressão de filha do homem alto. Ao alcançarem o trem vacilaram, espiando pelas janelas, o que levou o chefe Palmer a adverti-los.

— Depressa! O trem está a partir.
— A primeira classe... — disse o homem.

O chefe abriu a porta do carro que tinha na frente e nesse instante gravou-se na sua memória o vulto de um homenzinho que lá estava, de charuto na boca — e gravou-se de modo que pôde mais tarde descrevê-lo para identificação. Era um homem de 35 anos mais ou menos, vestido de cinzento, nariz agudo, olhos vivos, rosto queimado pelo sol e barba preta, cerrada. Ao abrir-se a porta, o homenzinho olhou para o chefe e para o casal que o acompanhava.

— Isto é um compartimento para fumantes — disse o homem alto. — A senhora não suporta o fumo.

—*All right!*[2] — exclamou John Palmer, e fechando a porta de golpe abriu a imediata, que dava para um compartimento vazio onde meteu os dois retardatários. Em seguida apitou e o trem partiu.

O homenzinho de barba preta ainda apareceu à janela e disse qualquer coisa ao chefe — palavras que se perderam no rumor da partida. Palmer galgou uma das plataformas do trem em movimento e não pensou mais no caso.

Vinte minutos depois o trem parava em Willesden Junction. O exame mais tarde feito nos bilhetes demonstrou que nenhum passageiro ali descera ou embarcara. Às 5h24 a viagem prosseguiu, chegando o trem a Rugby às 6h30, com cinco minutos de atraso.

....
1 Em inglês, espécie de casaco impermeável. (N.E.)
2 Em inglês, tudo bem. (N.E.)

Em Rugby os guardas observaram que a porta de um dos carros da primeira classe estava aberta. Causando espécie aquilo, entraram a investigar.

O compartimento para fumantes estava sem ninguém; apenas uma ponta de charuto denunciava o seu último ocupante. A porta desse carro conservava-se fechada. No compartimento contíguo também não havia sinal do homem alto nem da mulher. Haviam desaparecido os três passageiros. Em compensação foi encontrado o cadáver de um moço bem vestido, de joelhos dobrados, ombros entalados entre os dois assentos e a cabeça encostada à porta. Uma bala lhe havia penetrado o coração, causando morte instantânea. Ninguém vira esse rapaz entrar; nenhum bilhete foi encontrado em seu bolso, nem nada que permitisse identificação. Quem era ele, de onde viera e como perdera a vida ali constituíam pontos de interrogação de um mistério tão grande como o do desaparecimento dos três viajantes.

Disse atrás que nada fora encontrado no cadáver do moço que permitisse identificação, e está certo. Não quer isso significar que seus bolsos estivessem vazios. Havia neles seis belos relógios de ouro, três nos bolsos do colete, um no bolsinho de níqueis da calça, um no bolso de dentro e o último no pulso esquerdo. A explicação simplista de que se tratava de um *pickpocket*[3] foi afastada pelo fato dos relógios serem de um fabricante americano e de um tipo muito raro na Inglaterra. Três traziam a marca da Rochester Watchmaking CO.; um saíra da fábrica Mason, de Elmira; um não tinha marca e o último, verdadeira joia, provinha da casa Tiffany, de New York.

Em seus bolsos foram encontrados ainda um canivete Rodgers de saca-rolha, um espelhinho redondo, uma senha do teatro Lyceum, uma fosforeira de prata e uma charuteira de couro com dois charutos. E também duas libras e quatorze xelins em dinheiro. Tornava-se claro que o motivo do crime não fora roubo. Sua roupa branca não trazia marca, e a externa também não indicava o fabricante. Tratava-se de um moço de baixa estatura e feições finas. Na frente tinha um canino obturado a ouro.

Depois de verificada a tragédia, os bilhetes do trem foram passados em revista e contados, bem como o número de passageiros. Faltavam três

---

3   *Em inglês, batedor de carteira. (N.E.)*

bilhetes, justamente os dos três misteriosos desaparecidos. Verificado esse ponto, o trem teve ordem de seguir, já agora com um novo chefe; John Palmer ficara detido em Rugby como testemunha. O carro da tragédia foi desligado da composição e posto no desvio, à disposição da polícia. Apareceu então o inspetor Vane, da Scotland Yard, e um Mr. Henderson, detetive da estrada de ferro. O inquérito ia começar.

Que um crime fora cometido era fora de dúvida. A bala, que parecia ter vindo de um pequeno revólver ou pistola, fora disparada de curta distância. Não havia chamusco na roupa da vítima. Também nenhuma arma foi achada no carro, o que excluía a hipótese do suicídio. Não havia sinal da mala de couro com que o homem alto embarcara. Apenas foi encontrada uma sombrinha de mulher sobre o gradeado de pacotes. Posto de lado o crime, era a questão de como e por que os três passageiros puderam safar-se do trem em movimento, numa corrida ininterrupta entre Willesden e Rugby, o que mais excitava a curiosidade pública. A imprensa espraiou-se em hipóteses e comentários sem fim.

John Palmer forneceu no inquérito dados que lançaram alguma luz no mistério. De acordo com as suas declarações, havia um ponto entre Tring e Cheddington onde, em virtude de reparos na linha, o trem moderara a marcha, não caminhando mais de oito ou dez milhas por hora — daí o atraso de cinco minutos. Naquele ponto era possível a um homem normal, e mesmo a uma mulher excepcionalmente forte, saltar sem grave dano. Verdade que, estando em obras esse trecho da linha, havia muitos operários espalhados por ele, e quando um trem passa ficam todos de lado, a observá-lo. Que três pessoas ali saltassem sem serem pressentidas, era difícil de admitir.

O chefe também depôs que havia bastante gente na estação de Willesden e, embora estivesse convencido de que ninguém tomou o trem ou dele desembarcou, admitia como possível que os misteriosos passageiros tivessem passado de um carro para outro. Nada mais comum do que um passageiro fumar seu charuto no compartimento próprio e depois seguir para outro carro. Admitindo-se que o homem de barba preta tivesse mudado de carro em Willesden (e a ponta de charuto lá deixada favorecia esta suposição), era natural que passasse para o compartimento contíguo, onde se achavam os outros dois protagonistas do drama.

Um cuidadoso exame da linha entre Willesden e Rugby trouxe um novo elemento, que tanto podia como não podia relacionar-se com o caso.

Perto de Tring, no trecho de linha em que o trem moderara a marcha, foi encontrada, no sopé do aterro, uma bibliazinha de bolso, bastante surrada. Provinha da Bible Society of London e trazia uma dedicatória: "De John a Alice, 13 de janeiro de 1856", embaixo lia-se: "James, 4 de julho de 1859" e, mais abaixo ainda: "Edward, 1.º de novembro de 1869." A letra era a mesma. Constituía esse pequeno volume o único indício de algum valor – se é que o era; em consequência a conclusão do inquérito policial foi a que podia ser: "Assassínio por pessoas desconhecidas." Anúncios, promessas de prêmios, novo inquérito, tudo resultou inútil. O mistério permaneceu mistério.

Seria injusto, entretanto, supor que não surgissem engenhosas teorias para a explicação dos fatos. A imprensa, tanto inglesa como americana, abundava em hipóteses na maioria bastante absurdas. O fato dos relógios descobertos na vítima serem de fabricação americana, bem como algumas indicações quanto ao seu dente obturado a ouro, pareciam indicar que o assassinado fosse cidadão americano, embora suas roupas tivessem origem inglesa. A circunstância de ter sido encontrado caído no chão entre dois assentos significava para muita gente que ele havia descoberto algum segredo dos dois misteriosos passageiros e por esse motivo fora morto. Era uma hipótese tão plausível quanto outra qualquer, como, por exemplo, a que ligava o caso a certas lutas de sociedades secretas.

O fato de o moço estar sem bilhete sugeria a ideia de que andava a ocultar-se de alguém, e a presença de uma mulher entonava com as praxes da ação niilista, muito forte por aquele tempo. Era claro, por outro lado, que o moço devia já estar lá quando os dois entraram – e como explicar-se, então, a coincidência de que os dois conspiradores se metessem justamente num carro onde um espião os esperava? Essa hipótese tinha ainda o defeito de pôr de lado o homem do charuto, o qual também desapareceu e desse modo fazia parte do mistério. A polícia verificou a falta de base das hipóteses apresentadas, mas não conseguiu estabelecer uma que conciliasse todos os fatos.

Uma carta no *Daily Gazette*, subscrita por um investigador criminal de muito nome, levantou celeuma. Era esta:

"Qualquer que seja a verdade", dizia ele, "tudo se baseia numa bizarra combinação de fatos, de modo que não podemos hesitar em admitir essa singularidade. A ausência de dados permite-nos entrar com a análise científica, ou melhor, em vez de tomar os poucos fatos apurados e deles deduzir o que poderia ter ocorrido, havemos que construir uma explicação imaginosa que se encaixe nos fatos. Esta explicação poderá depois ser posta à prova dos novos fatos, ou elementos que forem sobrevindo. Se esses novos fatos se encaixarem perfeitamente na explicação imaginosa, a probabilidade será de estarmos na pista certa, e a cada novo fato tal probabilidade crescerá em progressão geométrica rumo à evidência definitiva.

Para começar direito, existe um fato que não recebeu a devida atenção, qual seja o seguinte. A linha é dupla e numa delas corre o trem local que vai de Harrow a King's Langley; o horário permitia que esse local se emparelhasse com o expresso no trecho em que moderou a marcha. Os dois trens deviam em certo momento ter-se colocado em paralela, caminhando com velocidade igual. Ora é sabido que nessas circunstâncias é fácil a um passageiro passar de um trem para outro. As luzes já haviam sido acessas em Willesden, de maneira que a visibilidade necessária ao transbordo se tornava perfeita.

Agora, a sequência que eu estabeleço. O moço dos relógios vinha no trem local. Seu bilhete, com seus papéis, luvas e mais coisas estavam, suponho, no assento fronteiro. Era provavelmente americano e com certeza de fraca inteligência. Aquele excesso de joias prova isso.

Quando o trem local se colocou em paralelo com o expresso, ele repentinamente viu naquele carro o homem alto e a mulher e os reconheceu. Para comodidade da hipótese admito que o moço amava aquela mulher e odiava o homem. Esse moço era impulsivo. Abriu a porta do carro, penetrou na plataforma e desta saltou facilmente para a plataforma do expresso, naquele momento bem emparelhada. E apresentou-se diante do casal de conhecidos.

Pronto. Aqui temos explicada a presença do moço naquele carro, sem bilhetes e sem bagagem. A luta que se seguiu torna-se natural e lógica. É possível que o casal também fosse americano, já que o homem trazia revólver, coisa que o europeu raramente usa. Se a nossa suposição da impetuosidade do moço é correta, faz-se provável que foi ele o iniciador da ofensiva. Atacou o homem alto. Foi repelido a bala e morto. Ocorreu então ao casal uma fuga sugerida pelo modo com que o atacante entrou ali – e ambos pularam para o trem local. Tudo devia ter-se passado em segundos, e a tempo de ser aproveitado o momentâneo paralelismo dos dois trens. Uma mulher forte pode perfeitamente passar de um trem para outro, a essa velocidade de oito milhas por hora – e a mulher em causa fez isso.

Agora, o homem da barba preta. Antes de tocar neste ponto temos de admitir que as suposições anteriores estão corretas e, assim sendo, nada vejo de difícil concordância. O homem de barba preta viu o moço passar de um trem para outro, ouviu o tiro, assistiu à fuga do casal e lançou-se na perseguição dos criminosos. Por que não mais apareceu, nem foi encontrado, já é coisa que escapa à nossa adivinhação.

Reconheço que há diversos pontos fracos em minha hipótese. Parece, por exemplo, impossível que em um momento daqueles o criminoso fugisse com a mala de couro. Mas respondo que essa mala poderia determinar a sua captura, identificando-o, e era pois natural que lhe ocorresse isso. Minha hipótese tem um meio de ser verificada: basta que a companhia de estrada de ferro declare se na composição do trem local que fez o percurso entre Harrow e King's Langley naquele dia não houve sobra de bilhetes. Se esse bilhete for encontrado, minha teoria estará certa; em caso contrário... poderá estar certa ainda, visto que o moço podia ter perdido o bilhete ou ter embarcado sem adquiri-lo."

Em resposta a esta comunicação vieram informes da polícia e da estrada de ferro declarando que nenhum bilhete de sobra fora arrecadado no trem local e, ainda, que esse trem não correu em paralelismo com o expresso. Mais: que o trem local estava parado em Langley quando o expresso por ele passou, com a velocidade de cinquenta milhas por hora. E desse modo caiu por terra a única hipótese interessante que surgiu na época.

Cinco anos passaram-se sobre o crime. Súbito, apareceu uma declaração que cobria todos os fatos e, portanto, dissipava o mistério. Apareceu sob a forma de uma carta de New York, dirigida ao investigador que formulara a hipótese acima. Aqui a dou em extenso.

"Peço desculpas de não apresentar nomes, apesar de haver hoje menos razão para isso do que há cinco anos, quando minha mãe ainda estava viva. Mas escrevo porque, se sua hipótese estava errada, nem por isso deixava de ser altamente engenhosa. Vou começar.

Minha família procede de Bucks, na Inglaterra, e emigrou para os Estados Unidos em setenta e poucos. Estabeleceu-se em Rochester, estado de New York, onde meu pai montou um armazém de secos. Éramos dois filhos — eu, James, e Edward, mais moço dez anos. Quando meu pai faleceu, tornei-me o chefe da família. Meu irmão era um rapaz lindo, dos mais lindos que ainda vi e muito vivo. Mas havia em seu cérebro um desarranjo qualquer que foi crescendo com a idade. Minha mãe bem cedo percebeu isso, mas o estragou ainda mais com fazer-lhe todas as vontades. Tentei o que pude para salvá-lo. Nada consegui.

Por fim, desembestou. Mudou-se para New York onde tomou pela senda do crime, ligado a um dos mais célebres patifes da cidade, Sparrow MacCoy, um chefe de gangue. Sua especialidade era o jogo de cartas nos melhores hotéis da metrópole. Meu irmão, que tinha grandes qualidades de ator, desempenhava para MacCoy todos os papéis, desde o jovem titular inglês até o de simples rapaz do Oeste, ou estudante de universidade. Um dia disfarçou-se de moça e tão bem executou o papel que passou a adotá-lo como o favorito.

E nesse caminho continuariam sem embaraços, se não passassem do jogo de cartas à falsificação de cheques. Eu fui a primeira vítima. Um cheque falso foi contra mim sacado por meu irmão por sugestão de Sparrow. Tive que arcar com um prejuízo bastante forte. Procurei então o rapaz e mostrando-lhe o cheque ameacei-o de polícia caso não se retirasse do país imediatamente. A princípio Edward riu-se. Eu não poderia entregá-lo à justiça porque seria matar de dor minha mãe — alegou. Fiz-lhe ver que o coração de nossa pobre mãe já estava espedaçado graças ao seu procedimento, e que eu antes queria vê-lo num cárcere de Rochester do que pelos hotéis de New York. Por fim cedeu e jurou que abandonaria Sparrow para começar vida nova no velho mundo — e vida honesta, se eu o ajudasse. Levei-o, então, a um velho amigo de meu pai, Joe Willson, exportador de relógios, e consegui que lhe desse uma agência em Londres com 16 por cento de comissão nas vendas. A aparência e gentileza de Edward eram tais que o velho Joe se viu conquistado imediatamente.

A mim me pareceu que o incidente estava resolvido e que o tresloucado se salvaria. Minha mãe falou-lhe de modo comovedor e tudo seguiu pelo melhor. Eu sabia, entretanto, que Sparrow tinha grande influência sobre ele, e tratei de evitar que se encontrassem. Recorri a um amigo da polícia de New York, pedindo-lhe que trouxesse de olho a este gajo. Quinze dias após a partida de meu irmão esse amigo participou-me que MacCoy ia também partir para a Inglaterra pelo Etruria. Vai tentar a reconquista de meu irmão, pensei comigo e deliberei embarcar a tempo de o socorrer. Confesso que não sentia grande confiança naquele passo; mas o dever me impunha. Fui. Minha mãe passou a noite em oração e no momento da partida deu-me uma pequena bíblia — presente de casamento de meu pai.

Embarquei no mesmo Etruria e pelo menos tive o prazer de estragar a viagem de Sparrow MacCoy. Na primeira noite de bordo encontrei-o no salão de fumantes com meia dúzia de rapazes de cabeça vazia e bolsas cheias, que iam de turismo à Europa. MacCoy estava preparando as cartas para uma boa colheita quando intervim.

— Senhores — exclamei —, sabem por acaso com quem vão jogar?

— Que é que você tem com isso? — gritou MacCoy furioso. — Cuide da sua vida.

— Quem é ele? — perguntou-me um dos 'patos'.

— Pois é Sparrow MacCoy, o celebérrimo *card-sharper*[4] de New York.

Sparrow saltou de pé, com uma garrafa em punho — mas a tempo lembrou-se de que estava sob a bandeira inglesa e fora da proteção da Tammany. Cárcere ou forca seria a réplica de qualquer violência sua — e ali não havia mesas e balcões por debaixo dos quais fugir.

— Prove o que disse! — limitou-se a berrar.

— Provarei! — respondi. — Levante a manga da camisa, se é capaz.

Sparrow empalideceu e calou-se. Eu conhecia o truque de tais jogadores, sabia do elástico que usam embaixo do pulso para surrupiar cartas e substituí-las por outras que trazem a jeito. Sparrow não teve coragem de levantar a manga e afastou-se do salão para não ser mais visto pelo resto da viagem.

Mas o revide não tardou. Com meu irmão, Sparrow se arranjaria maravilhosamente. Edward já estava na nova vida em Londres e a fazer negócios, quando o miserável corruptor o descobriu. Lutei para subtraí-lo à nefasta influência, mas inutilmente. Dias depois um viajante foi roubado no jogo, em um hotel da avenida Northumberland por dois 'card-sharpers' — e houve denúncia para a Scotland Yard. Quando li nos jornais essa notícia, fiquei certo de que meu irmão era um dos dois. Corri para a casa de pensão onde ele morava. Disseram-me que havia saído com um homem alto e mandara levar a bagagem. O porteiro ouvira-os darem direções a um cocheiro de praça, haviam falado na Euston Station. Também haviam falado em Manchester.

Corri os olhos num guia de estradas de ferro: o trem das cinco para Manchester podia ainda ser alcançado. Voei para a Euston Station. Não os vi lá. Talvez tivessem tomado o trem anterior. Resolvi, entretanto,

....
4 Em inglês, jogador de cartas profissional que ganha a vida trapaceando. (N.E.)

chegar até Manchester para uma última tentativa junto a meu irmão. No momento, porém, do trem partir, a porta do compartimento onde eu estava abriu-se por uns segundos e vi na minha frente os dois, falando com um guarda.

Estavam disfarçados. MacCoy vestia um sobretudo de gola de astrakan e Edward trajava de mulher, com um véu negro a lhe cobrir o rosto. Reconheci-os — mas Sparrow também me reconheceu e disse qualquer coisa ao guarda, o qual fechou a porta e os introduziu no compartimento próximo.

Quando o trem parou em Willesden, eu imediatamente passei para esse compartimento — e é natural que ninguém me visse, dada a afluência que havia. MacCoy esperava sem dúvida pela minha visita e viera durante todo aquele percurso preparando meu irmão para resistir aos meus argumentos. Isto é o que suponho, pois jamais o encontrei tão inflexível em ceder às minhas razões. Fiz o que pude, pintei o desastre que aquilo ia representar para nossa mãe, mostrei-lhe o fim fatal da sua carreira — na forca, tudo, tudo. Ele apenas respondia com sorrisos irônicos, todo atenção para as frases com que Sparrow o animava à resistência.

— Ele acha que você não tem vontade própria, que é um bebezinho a ser levado pela chupeta. Mostre que é homem e sabe o que quer — dizia MacCoy.

Eu já estava com dificuldade de conter-me.

— Um homem! — exclamei. — Fico muito satisfeito de ouvi-lo declarar isso, porque ninguém pode suspeitar que haja um homem dentro dessa grotesca professora de escola. Creio que não existe neste país criatura de mais desprezível aspecto do que a 'Dolly' que tenho à minha vista.

Edward corou, porque era vaidoso e doía-se do ridículo.

— Apenas um disfarce — justificou-se ele. — Só para escapar à polícia, pois não encontrei outro jeito. — E tirou o véu, o chapéu e o resto, guardando tudo numa maleta de mão de couro. — Posso ficar sem disfarce enquanto o guarda não aparece — acrescentou.

— E não se vestirá assim nunca mais — disse eu agarrando a mala e jogando-a pela janela fora. — Você não fará mais o triste papel de Mary Jane enquanto eu estiver presente. Se é esse disfarce que o está afastando da cadeia, então a cadeia já está mais perto.

Foi como o tratei, e minha energia deu resultado. A natureza fraca de meu irmão cedia mais à brutalidade do que à persuasão. Seu rosto mostrou-se afogueado e lágrimas lhe vieram aos olhos. MacCoy viu que perdia terreno e interveio.

— Ele é meu amigo e não admito que o maltrate.

— Ele é meu irmão e não admito que ninguém o perca — respondi no mesmo tom. — E creio que uma temporada no cárcere será o melhor meio de livrá-lo de más companhias.

— Pensa em denunciar-me? — rosnou Sparrow em cólera, sacando o revólver.

Atirei-me a ele — mas era tarde. Um tiro foi desfechado, que errou o alvo e foi atravessar o coração de Edward.

O meu desgraçado irmão caiu sem um gemido, enquanto MacCoy e eu, apavorados, ajoelhávamos para o socorrer. MacCoy ainda conservava o revólver em punho, mas a sua cólera contra mim cedera diante da imprevista tragédia. E foi ele quem primeiro alcançou a gravidade da situação. Ergueu-se. Viu que o trem seguia ainda em marcha lenta e moveu-se em direção da porta, para fugir. Compreendendo tudo, lancei-me em seu encalço, agarrei-o já na plataforma — e os dois rolamos por um grande aterro abaixo. No sopé bati com a cabeça em uma pedra e perdi os sentidos.

Quando dei acordo de mim, vi-me dentro de uma moita, com alguém a me passar pela testa um lenço molhado. Era Sparrow MacCoy.

— Não pude abandoná-lo aqui — disse ele. — Não queria ter nas mãos o sangue de dois no mesmo dia. Eu verdadeiramente amava Edward, e sei que com você se dava o mesmo, embora o mostrasse de maneira diferente. Agora que ele se foi, o mundo já nada mais vale para mim, e pouco se me dá que você me faça subir à forca.

Sparrow havia dado mal jeito a um pé, de modo que ali ficamos os dois, um sem poder andar, outro com a cabeça em miserável estado. E conversamos longamente, até que meu ressentimento contra o bandido foi se atenuando para acabar em simpatia ou coisa parecida. Como vingar a morte do meu irmão num homem que a sentia ainda mais que eu? Também ponderei que nada poderia fazer contra MacCoy que não recaísse sobre mim e minha mãe. Como acusá-lo, sem desvendar à justiça a carreira criminosa de Edward? Veio daí que o vingador, o homem que atravessara o oceano para contrapor-se a Sparrow, acabou pactuando com ele a fim de iludir a justiça. O lugar em que nos achávamos era uma reserva florestal da Inglaterra e quando nos pusemos a caminho vi-me a debater com o assassino de meu irmão sobre o melhor disfarce que a situação impunha.

Do que ele expôs depreendi que a não ser que existisse nos bolsos do morto algum papel desconhecido a Sparrow, seria impossível à polícia a sua identificação. O bilhete de Edward ficara com MacCoy. Além disso, como fazem os americanos, ele deixara para abastecer-se de roupas em Londres, de modo que não trazia sobre si nada do que usara na América. A mala contendo o disfarce de mulher devia estar em algum fundo de barranco, ou já fora apanhada por algum vagabundo sem interesse nenhum de levá-la à polícia. Quanto aos relógios, eram amostras e nada mais natural que um vendedor de relógios estivesse a caminho de Manchester para negociá-los. Mas... Eu não censuro a polícia da sua falha em desvendar o mistério. Fez o que pôde, embora houvesse desprezado um elemento — o espelhinho redondo. Não é próprio de homem andar com espelhinho no bolso — mas nada mais explicável no bolso de um jogador de cartas, visto que, com o elástico, faz parte da trucagem. Se a polícia considerasse isso e ligasse o espelhinho ao escândalo do hotel de Northumberland, era provável que descobrisse boa pista.

Creio que nada mais me resta a aclarar. Daquela floresta fomos ter na mesma noite a um vilarejo de nome Amersham, como dois turistas que andam a ver paisagens, e de lá nos dirigimos calmamente para Londres. MacCoy seguiu para o Cairo e eu tomei o caminho de New York. Minha mãe faleceu meses depois e na mais completa ignorância de tudo. Morreu na crença de que Edward se regenerara e vivia honestamente do seu trabalho em Londres.

Um pedido, agora — sobre aquela pequena bíblia de família. Muito caro me é tal livro, de nenhum valor para ninguém mais. Se puder ser-me restituída pagarei a quem o fizer com eterna gratidão. Deverá ser remetida para *X*, Bassanos Library, Broadway, New York."

O CAVIAR

Foi no quarto dia do cerco. Munições bélicas e provisões estavam no fim. Quando a insurreição Boxer[1] irrompeu ao norte da China, como fogo em mato seco, os raros europeus espalhados pela zona reuniram-se no ponto mais defensável, para uma resistência tenaz até que algum socorro chegasse. Neste caso voltariam para o mundo como ressuscitados, ou como fugidos duma câmara de tortura. Se, porém, nenhum socorro sobreviesse...

Ichau ficava a cinquenta milhas apenas da costa e havia um esquadrão europeu no golfo de Lian-tong. Essa circunstância fez a absurda pequena guarnição, composta de cristãos nativos e empregados da estrada de ferro sob o comando de um oficial alemão e mais cinco europeus, se decidir a uma resistência feroz, sempre com esperança da possível salvação. O mar era visível dos pontos mais altos de Ichau — e lá estava o socorro. Corajosamente esses heróis guarneceram as seteiras abertas nos muros de tijolos do pequenino quarteirão europeu, de onde atiravam contra as trincheiras dos Boxers em avanço. Era certo que mais dia ou menos dia os elementos de resistência chegariam ao fim; mas também era possível que mais dia ou menos dia chegasse reforço

---
1 *Conflito ocorrido na China entre os anos de 1899 e 1901, em que um violento grupo nacionalista lutava contra a presença dos estrangeiros em seu território. (N.E.)*

da costa. Até a noite de terça-feira não houve sinal de desânimo entre os sitiados.

Quarta-feira a esperança começou a fraquear. Nas colinas que separavam Ichau da costa não repontava sinal de socorro, e as *sangars* ou trincheiras dos Boxers mostravam-se já tão próximas que era possível distinguir-lhes as horrendas feições. Essas caraças, entretanto, já não se mostravam com frequência, depois que o jovem Ainslie, do serviço diplomático, se estabeleceu com a sua pequena carabina de caça no alto da torre da igreja, onde passava as horas visando com boa pontaria quanta cabeça ousava mostrar-se. O silêncio reinante na *sangar* Boxer impressionava mais que um clamor de assalto em massa; além disso, aquelas trincheiras de tijolos e blocos de pedras eram móveis – dia a dia se aproximavam mais dos sitiados. Tão próximas já estavam que de uma corrida os sitiantes podiam alcançar o bairro sitiado. Foi a sensação que todos lá tiveram ao amanhecer desse dia.

O coronel Dresler, ex-soldado da infantaria alemã, de rosto imperturbável e coração de chumbo, dirigia a resistência. Ralston, chefe dos ferroviários, passara a noite escrevendo cartas de despedida. O professor Mercer, velho entomólogo, mostrava-se ainda mais silencioso que de costume. O próprio Ainslie perdera já muito do seu entusiasmo de caçador de gente. De todo o grupo só as mulheres – Miss Sinclair, a enfermeira da Missão Escocesa, Mrs. Petterson e sua linda filha Jessie – não se mostravam abatidas de ânimo. O padre Pierre, da Missão Francesa, também revelava ânimo firme, o que era natural em quem tinha o martírio como um glorioso fecho de carreira.

Aqueles Boxers, que como lobos famintos uivavam pelo seu sangue, perturbavam-no menos que a forçada associação com Mr. Petterson, o presbítero escocês com o qual havia dez anos disputava a posse das almas dos nativos. Enclausurados ali pelo perigo comum, os dois padres cruzavam-se a rosnar, como cão e gato, e fiscalizavam-se constantemente de medo que mesmo naquele transe um furtasse alguma ovelha do outro.

Mas a noite de quarta-feira passou-se sem crise maior e o dia imediato surgiu como o da redenção. Foi Ainslie, lá do alto da torre, quem ouviu o primeiro tiro de canhão ao longe. Também Dresler começou logo depois a distinguir tiros; em seguida todos os demais.

O socorro aproximava-se. Em uma hora, se tanto, estaria ali. Era tempo. A resistência chegara ao fim. Cartuchos restavam alguns. As meias rações foram reduzidas ainda mais. Que importava isso, porém, se o socorro se aproximava? Nenhum ataque dos Boxers era esperado naquele dia; as suas *sangars* começavam a ser abandonadas em massa. Isso permitiu que os sitiados se reunissem à mesa, alegres, tagarelas, cheios da estranha alegria que se acende nas criaturas que estiveram com a sombra da morte a lhes pairar sobre as cabeças.

— A lata de caviar! — gritou Ainslie. — Traga a lata de caviar, professor!

— *Potztausend*,[2] sim! — grunhiu o velho Dresler. — É tempo de vermos esse famoso caviar.

As damas reforçaram o apelo e todos os lados da comprida e mal municiada mesa irrompeu um clamor pelo caviar.

Era estranho aquilo, mas havia uma razão. O professor Mercer, entomologista da Califórnia, havia recebido uma lata de caviar em uma cesta de víveres de São Francisco chegada dois dias antes da revolta dos chineses. Na distribuição dos víveres o caviar e duas garrafas de Lachryma-Christi foram postos de lado. Por unânime acordo ficaram de reserva para um momento como aquele, de vitória. E o momento chegara, pois até música iriam ter, ou estavam tendo — o bum-bum dos canhões distantes. À tarde a coluna de socorro estaria ali. Por que não aproveitar o intervalo para uma comemoração a caviar?

O professor Mercer, entretanto, meneou a cabeça branca e sorriu.

— Melhor esperar — disse.

— Esperar! Por que esperar? — gritaram todos.

— Eles ainda estão longe.

— Mas chegarão a Ichau ao cair da tarde — disse Ralston, um homem com cara de passarinho, de olhos vivos e nariz proeminente. — Não podem estar a mais de dez milhas. A duas milhas por hora, baterão aqui às sete.

— Haverá recontro pelo caminho — advertiu o coronel. — Precisamos dar umas três horas mais para isso.

— Três? Nem meia hora — contraveio Aislie. — Os nossos vararão pelo meio dos Boxers como se eles não existissem. Que podem fazer esses bandidos armados de machetes e espadas contra o armamento automático?

— Tudo depende do comandante da coluna — disse Dresler. — Se não estiver à frente dela nenhum oficial alemão...

— Estará um inglês! — gritou Ralston.

---

2 *Interjeição alemã que denota surpresa. (N.E.)*

— O comodoro francês tem fama de ser um excelente estrategista — ajuntou o padre Pierre.

— Não vejo matéria para dúvidas — interveio o exuberante Ainslie. — Mr. Mauser e Mr. Maxim estarão presentes e é neles que confio. Os Boxers não podem resistir a esses dois europeus. Venha de lá a lata de caviar, professor!

O velho cientista, porém, manteve-se irredutível.

— Quero reservá-la para a ceia, à noite.

— Muito bem — disse Mr. Petterson, no seu sotaque escocês. — Será uma cortesia feita aos nossos salvadores, recebê-los com caviar. Concordo com reservar o petisco para a noite.

O argumento valeu. Havia algo de cavalheiresco em deixar aquela gulodice para enfeite da refeição dos seus salvadores — e não se falou mais no assunto.

— Professor — disse Mr. Petterson —, acabo de saber neste momento que é a segunda vez que o senhor se vê metido numa situação destas: num cerco. Não poderá contar-nos algo da sua primeira experiência?

O velho sorriu numa careta.

— Foi em Sung-tong, ao sul da China, lá pelo ano de 1889.

— É muito curiosa a coincidência de ter estado em duas situações tão semelhantes — disse o missionário. — Conte-nos como foi salvo em Sung-tong.

Uma sombra perpassou pelo rosto do velho.

— Não fomos salvos — disse ele.

— Como? Então o reduto caiu nas unhas do inimigo?

— É verdade.

— E... e o senhor pôde conservar a vida?

— Sou, além de entomologista, médico e como havia muitos feridos, eles pouparam-me.

— E o resto?

— Basta, basta! — gritou o padre francês erguendo a mão em sinal de protesto.

Esse padre havia estado vinte anos na China e a conhecia. Por isso adivinhou muita coisa nos olhos do entomologista e quis detê-lo em suas confidências.

— Perdão! — exclamou o missionário escocês. — Se eu soubesse que o assunto é assim doloroso, não teria pedido que nos contasse.

— Sim — disse lentamente o entomologista. — O melhor é não recordar coisa nenhuma. E mudando de assunto: parece que o *trom* dos canhões já está mais perto.

Não podia haver dúvidas a respeito. Depois de uma pausa, o bum-bum continuara mais próximo e já agora com acompanhamento de tiros de fuzis. A coluna devia estar do outro lado do morro. Ergueram-se todos da mesa e foram para seus postos nas seteiras. Vieram os criados chineses, que pisam como gatos, e levaram os sobejos da refeição. Só ficou na sala o velho professor, com a cabeça branca reclinada sobre o peito e aquela mesma expressão de olhar que assustara o francês. Fantasmas do passado dormiam dentro dele — fantasmas que quando despertos dificilmente esmaeciam de novo. O canhoneio cessara lá longe, sem que ele o percebesse. O velho estava literalmente empolgado de terríveis recordações.

Veio interrompê-lo o comandante da praça, que sorriu complacente.

— O Kaiser ficará satisfeito — disse ele esfregando as mãos. — Mereço uma medalha. "Defesa de Ichau contra os Boxers pelo coronel Dresler, do 114.º de infantaria do Hanover. Esplêndida resistência de uma pequena guarnição perdida no meio da China." Os jornais vão falar assim.

— Quer dizer que já se considera salvo? — murmurou o velho com voz serena.

O coronel sorriu.

— Que calma é essa, professor? Eu o vi mais excitado naquela manhã em que enriqueceu a sua coleção com um Lepidus Mercerensis.

— O inseto estava bem seguro na minha caixa — respondeu o entomólogo —; por isso expandi-me. Tenho visto muita mudança súbita de destinos na vida e, pois, não me rejubilo por antecipação. Mas conte-me o que há de novo.

O coronel acendeu o cachimbo e refestelou-se numa cadeira de bambu.

— Afirmo com a minha autoridade de chefe que vai tudo bem. A coluna avança e a cessação do fogo significa apenas que a resistência do inimigo cessou. Dentro de uma hora a veremos no alto da colina. Ainslie está na torre como gajeiro e nos dará sinal com três tiros. Faremos então uma sortida por nossa conta.

— E o senhor está à espera do sinal de Ainslie?

— Sim, e enquanto não dá o sinal vim cá para uma conversa reservada.

— De que se trata?

— Do sítio de Sung-tong. Isto muito me interessa do ponto de vista profissional. Agora que as damas estão ausentes, o senhor poderá contar-me tudo.

— Não é assunto agradável...

— Está claro que não. Há de ser tragédia pura. Mas notou como levei a defesa aqui? Achou boas as minhas providências? Não está tudo de acordo com as tradições do exército alemão?

— Acho que não podia fazer mais do que fez, coronel.

— Obrigado. Mas lá em Sung-tong? Como foi a defesa? Podia ter sido salva a praça?

— Não. Tudo foi feito como devia ser feito; mas aqui falta uma coisa.

— Hum! Acha que houve omissão... Qual foi?

— Ficar decidido que ninguém, sobretudo as mulheres, caia com vida nas mãos dos chineses.

O coronel segurou com a mão vermelha os dedos nervosos do professor.

— O senhor tem razão; mil vezes razão. Mas não suponha que isso me escapasse. Tanto eu como Ralston e Ainslie estávamos combinados para morrer lutando. Havia os outros: mulheres, um padre, um missionário...

— Prometeram também esses morrer lutando?

— Não quando os consultei. A consciência dos sacerdotes não lhes permite agir assim. Mas tudo já passou e não devemos mais pensar nisso. Em meu lugar o que o senhor faria?

— Matava-os.

— Por Deus! Tinha coragem de chegar até lá, professor?

— Como não? Saiba que vi coisas. Vi a morte por meio de ovos quentes. Vi a morte em caldeiras a ferver. Vi mulheres... Vi mulheres... Meu Deus! Como ainda pude dormir depois disso?

O rosto do velho sábio, habitualmente impassível, transformara-se ao influxo daquelas horríveis recordações.

— Estive amarrado a um poste, com espinhos nos olhos para não fechá-los e poder assim assistir à tortura delas. A dor de desespero que senti, entretanto, foi menor que a dor de não tê-las matado antes com um simples tubo de tabletes sem gosto nem cheiro. Crime? Pecado? Não. Estarei sempre pronto para comparecer perante o juízo de Deus com a responsabilidade de mil crimes desses. Ora, se, tendo visto o que vi, eu desta segunda vez deixasse de cometer esse crime, não haveria penas no inferno que me bastassem ao castigo.

O coronel ergueu-se e apertou de novo as mãos do velho cientista.

— Tem razão, meu caro. É um forte e sabe como raciocinar. Sim, sim. O senhor me seria de grande socorro se as coisas chegassem a esse ponto. Muito pensei nisso pela calada da noite, mas não sabia como realizar a eliminação preventiva.

Houve uma pausa; depois o coronel observou:

— Estão demorando os tiros de sinal do Ainslie. Vou ver o que há.

O entomólogo ficou de novo só com as suas recordações. Passados uns minutos, como não ouvisse mais o canhoneio nem nenhum sinal de Ainslie, saiu da sala pra informar-se. Nesse momento a porta abriu-se e o coronel Dresler irrompeu, profundamente pálido e ofegante. Havia aguardente na mesa. Correu a tomar um gole. Depois lançou-se a uma cadeira.

— Que há? — indagou o professor. — A coluna vem perto?

— A coluna não vem.

Houve um silêncio de minuto, em que os dois homens se olhavam com os olhos de pânico.

— Os outros já sabem disso?

— Ninguém sabe. Só eu.

— Como pôde informar-se?

— Fui ao jardim das roseiras espiar fora. Vi qualquer coisa mover-se entre os arbustos. Depois, uma batida aflita na portinhola. Abri. Era um tártaro cristão, ferido a espada. Tinha vindo do campo de luta. O comodoro Wyndham mandou-o até cá avisar que a coluna de socorro estava detida e sem munição. Entricheirou-se à espera de reforços. São três dias mais. Eis tudo.

O professor refletiu uns instantes e depois:

— Onde está o mensageiro?

— Morto. Perdeu tanto sangue que... Seu corpo está no jardim.

— E ninguém mais o viu?

— E ninguém o ouviu.

— Pergunto se alguém o viu.

— Talvez Ainslie, do alto da torre.

— Por quanto tempo ainda poderemos resistir?

— Uma hora ou duas, se tanto.

— Está absolutamente certo disso?

— Absolutamente.

— Então temos mesmo de render-nos?

— Não há outra solução.

— Absolutamente nenhuma esperança?

— Nenhuma.

A porta abriu-se de novo e o jovem Ainslie apareceu. Logo atrás vinham Ralston, Petterson e outros.

— Teve notícias, coronel? — perguntaram ansiosos.

O professor adiantou-se e respondeu:

— O coronel Dresler estava justamente dando as últimas notícias. A coluna teve de estacionar, mas estará aqui amanhã cedo. Apenas isto.

Um clarão de alegria iluminou todas as caras. Houve risos e abraços congratulatórios.

— Amanhã cedo? — exclamou Ralston, furioso. — Mas suponham que os Boxers nos assaltem durante a noite!? Que loucos do inferno são os dessa coluna, que não apressam o passo!? Preguiçosos! Para uma corte marcial é que deviam ser remetidos.

— Não há perigo nenhum — gritou Ainslie. — Os chineses levaram uma esfrega terrível. Pude vê-los a carregarem centenas de feridos. As suas perdas foram pesadíssimas. Não nos atacarão mais, descansem.

— Perfeitamente — ajuntou o coronel. — Também estou certo de que não nos atacarão esta noite. Apesar disso, que cada um retome o seu posto. Devemos estar firmes.

Disse e retirou-se da sala, não sem murmurar aos ouvidos do velho entomólogo:

— Fica tudo ao seu cargo, professor.

A noite passou-se sem que os Boxers atacassem. Para o coronel Dresler aquela abstenção significava que reuniam forças para novo embate contra a coluna salvadora e para o assalto final ao reduto. Os demais, porém, tomaram-na como desânimo do inimigo e abandono das trincheiras. Em vista disso foi uma ceia alegre a que tiveram, com as duas garrafas de Lachryma-Christi abertas e também a lata de caviar. Era uma lata grande de modo que cada qual teve a sua quota e ainda sobrou. Ralston, o epicurista do grupo, mereceu dose dupla, que foi degustada com delícias. Ainslie também foi julgado merecedor de um adendo. O professor e o coronel contentaram-se com uma só colherada, e as damas tiveram licença de servirem-se à vontade. Só Miss Petterson deixou no prato a sua dose.

O professor insistiu.

— Não gosta do meu petisco? — disse ele. — Isso me desaponta muito, Miss. Coma, ao menos para me dar prazer.

— Nunca em minha vida provei caviar — respondeu a menina. — Tenho medo de não gostar.

— O paladar educa-se, menina. Comece já a educar o seu no que diz respeito ao caviar. Se há de ser amanhã, seja hoje. Prove.

O rosto da linda Jessie Petterson brilhou na frescura de um sorriso infantil.

— Com que ar sério me diz isso, professor! Nunca imaginei que fosse tão amavelmente insistente. Mas ficarei muito grata à sua gentileza, ainda que nada coma do petisco.

— Será uma loucura não comê-lo, menina — insistiu o professor com tal firmeza que o sorriso logo se apagou do rosto da jovem. — Creia no que digo: é loucura não comer caviar esta noite.

— Mas... mas por que, professor?

— Porque já o tem no prato e constitui pecado desperdiçar alimento em uma situação de penúria como a nossa.

— Basta, basta! — interveio Mrs. Petterson. — Não atropele mais a coitadinha. Sei que não come, que não pode comer, mas o caviar não ficará perdido. — E passando a faca sobre a porção dada à menina, chamou-o a si. — Não ficará perdido, não, professor. Inútil magoar-se com isso. — E comeu-o, sorrindo.

Essa intervenção, entretanto, pareceu afligir ainda mais o velho sábio, que se mostrou atônito, sem saber como agir.

A conversação prosseguiu alegremente. Cada qual vinha com planos de vida depois de livres dos horrendos boxers.

— Só eu não faço planos. Um sacerdote não tem regalos na vida. Agora que a minha missão escolar está concluída aqui, tenho de entregá-la ao padre Amiel e ir cuidar de uma nova não sei onde.

— É verdade? Vai então sair de Ichau? — indagou Mr. Petterson.

O padre Pierre fez cara de reprovação.

— O reverendo não deve mostrar-se assim tão pressuroso à notícia do meu afastamento de Ichau...

— Engana-se, padre Pierre — respondeu o missionário. — Embora nossos pontos de vista sejam diferentes, não há incompatibilidades pessoais entre nós. Além disso, quem pode em nossa era ensinar melhor a estes pagãos, que...

Um chiu geral pôs termo ao sermão teológico, enquanto, para mudar de assunto, uma voz interpelava o missionário:

— E quais são os seus planos, reverendo?

— Eu passarei três meses em Edimburgo para assistir à reunião anual. Pretendo fazer umas compras na Princess Street, com Mary. E você, Jessie, irá visitar todas as conhecidas. Depois voltaremos para cá no outono com os nervos já repousados.

— Realmente, estamos precisadíssimos disso — observou Miss Sinclair. — Estes prolongados abalos deixam-nos em horrível estado. Neste instante, por exemplo, começo a sentir uma zoada nos ouvidos.

— Há de ser desta perpétua excitação nervosa — gritou Ainslie. — Meu plano é ir para Pequim, tratar da minha promoção. Também jogarei um pouco de polo. E o senhor, Mr. Ralston?

— Eu... Não sei ainda. Terei muito tempo para pensar nisso. Pretendo gozar de umas boas férias, que me façam esquecer para sempre estes horrores. Meu quarto está cheio de cartas de despedida de tão desanimado que ainda me via ontem. Já agora vou conservá-las como lembrança de nossa aventura.

— Sim, eu também as guardaria — interveio o coronel Dresler.

Sua voz ressoou tão profunda e solene que todos se voltaram.

— Que é isso, coronel? Parece mudado esta noite — observou Ainslie.

— Ao contrário. Estou até muito satisfeito...

— Assim deve ser, já que a vitória está perto. Todos nós temos de agradecer eternamente a sua ciência militar e perícia. Estou convencido de que não teríamos conservado o reduto se não fosse a sua ação. Minhas senhoras e meus senhores! Bebamos à saúde do coronel Dresler, do imperial exército germânico! *Er soll leben – hoch!*[3]

Todos os copos se ergueram em meio de um vozerio alegre.

O rosto pálido do coronel corou de orgulho profissional.

— Trago sempre comigo os códigos de minha profissão — disse ele — e creio que nada deixei de fazer do que me competia fazer. Se tudo não correr como esperamos e a praça cair, estou certo de que os amigos não me imputarão nenhuma responsabilidade.

Disse e correu os olhos inquietos pela assistência.

....

3 *Locução interjetiva alemã que exprime aclamação. (N.E.)*

— Creio poder responder interpretando os sentimentos gerais, coronel Dresler — começou o missionário. — Mas... que é que tem, Mr. Ralston?

Ralston derrubara a cabeça e parecia dormir sobre o braço apoiado à mesa.

— Não se incomode com ele — sossegou o professor. — Andamos todos a sentir a reação de um esforço muito prolongado. Estamos à beira do colapso, é isso.

— Também me parece — confirmou Mrs. Petterson. — Sinto a cabeça pesada. Meus olhos fecham-se contra a minha vontade. — E recostou-se ao espaldar da cadeira como quem vai dormir.

— Estranho! — murmurou o missionário sorrindo. — Jamais vi Mary nesse estado, sonolenta depois do jantar. Mas noto que o ar está quente e pesado. Talvez seja isso. Eu mesmo estou a sentir-me esquisito.

Ainslie mostrava-se tagarela e excitado. Ergueu-se novamente, de copo em punho.

— Penso que devemos beber todos juntos e cantar o "Auld Lang Syne" — propôs ele sorridente. — Durante uma semana estivemos enclausurados no mesmo bote e pudemos conhecer-nos melhor do que em anos de tempo normal. Aprendemos a apreciar as qualidades dos filhos de outras nações. O coronel, aqui, representa a Alemanha. Padre Pierre representa a França. Ali, o professor, a América. Ralston e eu representamos a Inglaterra. Há depois as damas. Deus as abençoe! Comportaram-se como anjos da misericórdia durante todo o tempo do cerco. Bebamos à saúde das damas, essas admiráveis criaturas que... Olhe, olhem! O coronel também caiu a dormir! E eu...

Não pôde concluir. O copo escapou-lhe da mão e Ainslie desabou sobre a cadeira, a murmurar palavras indistintas. Miss Sinclair fez o mesmo, quase no mesmo instante — e ficou pendida como um lírio sobre o braço da poltrona. Mr. Petterson olhou em redor de si e ergueu-se atônito, correndo a mão pela testa.

— Jessie, isto não é natural! — gritou ele. — Por que estão todos a dormir? Até o padre Pierre, olhe! Jessie, Jessie, Mary está fria! Será sono ou...? Abram as janelas! Socorro! Socorro! — E o missionário lançou-se da mesa para abrir as janelas. A meio caminho, porém, seus joelhos fletiram e o alentado escocês caiu de borco.

Jessie estava de pé no meio da sala, de olhos arregalados, sem compreender coisa alguma.

— Professor Mercer! — exclamou a menina para o único que parecia acordado. — Que significa isto? Será que estão morrendo...

O velho sábio ergueu-se num supremo esforço de vontade e disse:

— Minha cara menina, muito quis eu poupá-la a este transe. Todos comeram o caviar que envenenei com cianureto, menos você.

— Deus do céu! — exclamou a menina assombrada de horror. — Monstro que o senhor é! Assassino! Envenenou-os!

— Não. Salvei-os da tortura dos chineses. São crudelíssimos e em mais uma hora estaríamos todos em suas garras. Tome o veneno já, menina.

Nesse momento uma descarga ressoou perto, debaixo das janelas.

— Ei-los que chegam! Depressa, menina! Ainda há tempo de salvar-se da tortura.

Mas suas palavras se perderam, porque a menina havia caído numa cadeira desmaiada.

O velho ficou imóvel, estarrecido, a ouvir os rumores que vinham de fora. Mas que era aquilo? Deus, Deus do céu, que era aquilo? Estaria ficando louco? Seria efeito da droga? Aclamações, aclamações de europeus! Gritos de marinheiros... Não havia mais dúvida. Por um inexplicável milagre a coluna de socorro chegara.

— Que fiz eu? — gritou o velho erguendo os braços num gesto de supremo desespero. — Que fiz, meu Deus?

O comodoro Wyndham foi o primeiro, após o furioso ataque noturno desfechado pela sua coluna, a entrar na macabra sala de jantar. Em torno da mesa estavam os convivas, pálidos e imóveis. Unicamente a menina manifestava sinais de vida. Ela e o velho professor, mas este já na náusea da agonia e apenas com forças para um supremo aviso:

— Não toquem no caviar! Pelo amor de Deus, não toquem no caviar! — murmurou com voz moribunda, e calou-se para sempre.

O PEITORAL JUDAICO

Meu particular amigo Ward Mortmer era um dos maiores investigadores arqueológicos do Oriente. Havia escrito muito sobre o assunto e vivera dois anos num túmulo de Tebas, enquanto procedia a escavações no Vale dos Reis e, por fim, fez sensação com a descoberta da múmia de Cleópatra num compartimento do Templo de Hórus, em File. Com tal fama aos 31 anos, nenhuma surpresa causou a sua nomeação para chefe do Museu Belmore.

Esse museu promove conferências no Colégio Oriental e possui uma renda que constitui alto estímulo para um investigador apaixonado.

Uma só coisa prejudicava a posição de Mortimer no Museu Belmore: o extraordinário renome do homem que o precedeu. O professor Andreas gozava de reputação mundial. Suas palestras eram frequentadas por estudiosos de todos os países e as coleções a ele confiadas não tinham rivais. Daí a surpresa causada pela sua renúncia ao cargo, aos 55 anos de idade.

Logo que o professor Andreas e sua filha deixaram o cômodo apartamento ligado ao museu onde moravam, Mortimer mudou-se para lá.

Ao saber da nomeação de Mortimer para seu substituto, o professor Andreas mandara-lhe uma carta muito lisonjeira de cumprimentos. Eu estive presente ao primeiro encontro no museu dos dois sábios e acompanhei-os na visita às coleções. A linda filha do professor e o jovem capitão Wilson, que me pareceu seu noivo, estavam presentes. As coleções enchiam 15 salas, das quais as dedicadas à Babilônia, à Síria, ao Egito e à Hebreia eram as mais ricas. O professor Andreas era um homem calmo, reservado, como que impassível, embora seus olhos brilhassem de entusiasmo quando nos indicava a raridade ou beleza de algum objeto. Sua mão acariciava-o de tal modo que era possível adivinhar a dor íntima que o torturava de ter de passar a outrem a direção do museu.

Mostrou-nos as suas múmias, os seus papiros, os seus escaravelhos, as suas inscrições, as relíquias judaicas e uma duplicata do famoso candelabro de sete ramais que o imperador Tito trouxe do Templo para Roma e que se supõe esteja hoje no fundo lodacento do Tibre. Levou-nos depois ao centro de uma sala e debruçou-se sobre uma caixa de vidro.

— Isto aqui não é nenhuma novidade para um especialista da sua marca, Mr. Mortimer — disse o professor —, mas suponho que o seu amigo Jackson tenha interesse em saber do que se trata.

Inclinei-me sobre a caixa e vi um objeto de umas cinco polegadas quadradas, formado de 12 pedras preciosas embutidas num suporte de ouro, com argolas também de ouro em dois cantos. As pedras variavam de cor e tamanho, e cada uma tinha gravado um hieróglifo.

— Já ouviu falar do urim, Mr. Jackson?

Eu já tinha ouvido aquela palavra, mas a sua significação me era muito vaga.

— Chamava-se urim a joia que o sumo sacerdote dos judeus usava sobre o peito. Os judeus tinham por ela uma especial reverência, como a dos antigos romanos pelo livro das Sibilas no Capitólio. Compõe-se, como se vê, de 12 magníficas gemas gravadas de caracteres místicos. Da esquerda para a direita vemos uma cornalina, um peridoto, uma esmeralda, um rubi, um lápis-lazúli, um ônix, uma safira, uma ágata, uma ametista, um topázio, um berilo e um jaspe.

Eu estava admirado com a variedade e beleza das pedras.

— Tem este peitoral alguma história? — perguntei.

— Oh, é de um grande valor e velhíssimo — respondeu o professor Andreas. — Sem poder afirmá-lo de modo absoluto, temos elementos para crer que seja este o urim original do Templo de Salomão. Não há nada que o valha em qualquer outro museu da Europa. Aqui o meu amigo, capitão Wilson, um especialista em gemas, poderá dizer quão perfeitas são estas.

O capitão Wilson, um homem moreno, de cara incisiva, estava junto à sua noiva do outro lado da caixa.

— Sim. Nunca vi pedras mais perfeitas — confirmou ele.

— E o engaste de ouro é também digno de atenção. Os antigos excediam-se em...

Não pôde concluir; o capitão tomara a palavra, dizendo:

— Aqui adiante temos uma melhor amostra de como os antigos trabalhavam o ouro. Veja este castiçal. — E levou-nos para a vitrine onde vários castiçais finamente lavrados nos tomaram a atenção.

Era experiência nova para mim ter diante dos olhos tais raridades comentadas por um especialista de tanto valor e, quando, por fim, o professor Andreas deu por acabada a visita às riquezas que passava às mãos de Mortimer, não pude deixar de invejá-lo. Naquela mesma semana Ward Mortimer instalou-se no apartamento do diretor resignatário e tornou-se o autocrata do Museu Belmonte.

Quinze dias depois esse meu amigo ofereceu um jantar modesto a meia dúzia de amigos para celebrar sua promoção. Quando a festa terminou e os convidados iam saindo, fez-me ele um sinal.

— Você mora perto — disse. — Fique mais um pouco. Quero o seu parecer sobre uma coisa.

Sentei-me numa poltrona e acendi um charuto, à espera que Mortimer acompanhasse até à porta seus amigos. Quando voltou, sentou-se ao meu lado e meteu a mão no bolso.

— Recebi pela manhã esta carta anônima. Quero que a leia e diga o que acha.

Dizia a carta: "Senhor, aconselho-o a ter muito cuidado com as preciosidades que passaram a ser confiadas à sua guarda. Não creio que o atual sistema de vigilância seja eficiente. Muita cautela ou alguma irreparável desgraça pode suceder."

— É tudo?

— Sim.

— Bem — disse eu —, isto procede de um dos poucos indivíduos que sabem que há no museu um só guarda à noite.

Ward Mortimer passou-me outra carta com um sorriso curioso dizendo:

— Você, que é perito em letra manuscrita, veja isto. Veja este *c* de "congratula-me" e este *c* de "cuidado". Note também estas duas iniciais e este vício de fechar o período com um traço de união em vez de ponto.

— São indubitavelmente escritas pela mesma pessoa, e com preocupação de disfarce na primeira.

— A segunda carta — disse Mortimer — é a de congratulações que recebi do professor Andreas quando fui promovido.

Arregalei os olhos. Reli-a e vi que realmente estava assinada com o nome de Martim Andreas. Não havia dúvida, para quem tivesse uma pequena noção de grafologia, que o professor Andreas era o autor da carta anônima.

— Por que faria ele isto? — indaguei.

— É justamente o que me preocupa. Se tinha esses receios, por que motivo não me disse diretamente?

— Vai falar-lhe a respeito?

— Estou na dúvida. Receio que negue ter sido o autor da carta.

— Em todo caso este aviso está em termos amigáveis; eu daria esse passo. As precauções tomadas não garantem a segurança do museu?

— Julgo que sim. O público só é admitido das dez às cinco, e em cada duas salas há um guarda de pé na porta de comunicação.

— E à noite?

— Quando o museu se fecha, descemos as grades de ferro, que são absolutamente à prova de ladrões. O guarda noturno é homem de confiança. Cada três horas faz a ronda de toda as salas; também a luz fica acesa em todo o museu a noite inteira.

— É difícil sugerir mais precauções, a não ser que se multipliquem os guardas.

— Não podemos fazer isso.

— Vou comunicar-me com a polícia e obter que um vigilante estacione na calçada do edifício. Quanto à carta, se o autor deseja conservar-se anônimo creio que tem o direito de o fazer.

Despedi-me logo depois, mas passei a noite a parafusar por que motivo o professor Andreas escrevera tal carta. Teria pressentido qualquer ameaça às coleções? Seria essa a causa da sua inexplicável retirada? Mas se era assim, por que nada dissera pessoalmente a Mortimer? De tanto pensar perdi o sono e só fechei os olhos pela madrugada, acordando tarde no dia seguinte.

Às nove horas Mortimer irrompeu em meu quarto com as feições transtornadas, de colarinho puxado para cima e gravata torta, ele sempre tão cuidadoso no vestir-se. Li uma tragédia em seus olhos desvairados.

— Já sei! O museu foi roubado! — exclamei pulando da cama.

— Parece. Houve quem mexesse naquele precioso urim! — murmurou meu amigo ainda ofegante da carreira em que viera. — Vou à polícia e quero que você apareça no museu logo que possa. Adeus! Não falte. — E retirou-se, tão transtornado como entrara.

Quando cheguei ao museu já ele lá estava de volta da polícia, com um inspetor e um cidadão grisalho que me foi apresentado como Mr. Purvis, um dos sócios de Morson & Company, célebre firma de joalheiros. Como especialista, costumava Mr. Purvis auxiliar a polícia em crimes daquela natureza.

Encontrei-os agrupados em redor da caixa envidraçada do urim, a examinarem a joia.

— É óbvio que houve tentativa de qualquer coisa — disse Mortimer. — Passei aqui esta manhã e vi tudo em ordem. O mesmo à tarde. Quer dizer que a tentativa foi feita à noite.

Estava bem patente a tentativa de extrair as pedras. Os engastes da primeira fila — a cornalina, o peridoto, a esmeralda e o rubi mostravam-se arranhados, como se alguém os roesse em torno. As gemas conservavam-se em seu lugar, mas o belo engaste de ouro que eu tanto admirara dias antes aparecia bastante maltratado.

O inspetor de polícia concordou conosco que houvera tentativa de arrancar as pedras e Mortimer veio com a hipótese de que aquelas quatro pedras fossem hábeis imitações das verdadeiras, dali já retiradas.

A mesma suspeita ocorreu ao Mr. Purvis, que as examinou cuidadosamente com uma lente e ainda submeteu a vários testes, concluindo:

— Meus parabéns, Mr. Mortimer. Posso garantir de maneira mais formal que estas pedras são verdadeiras e de altíssimo grau de pureza.

As cores voltaram ao rosto do meu amigo, que respirou longamente.

— Ora graças a Deus! — exclamou. — Mas o que o ladrão pretendia?

— Provavelmente tirar as pedras. Qualquer coisa o interrompeu a meio caminho.

— Nesse caso teria arrancado a primeira em vez de perder tempo preparando-se para arrancar as quatro. Os engastes estão soltos e apesar disso nenhuma gema falta.

— Não deixa de ser algo bem fora do comum — murmurou o inspetor. — Nunca ouvi falar de um caso assim. Vamos saber do guarda.

O guarda veio, um homem de fisionomia honesta, que se mostrava tão preocupado com o incidente como Mortimer.

— Não senhor, não ouvi nenhum rumor — respondeu no interrogatório. — Fiz minha ronda da forma de costume, por quatro vezes, e nada vi de suspeito. Estou neste serviço há nove anos e é a primeira vez que...

— Não poderia o ladrão ter entrado pelas janelas?

— Impossível, senhor.

— Nem podia ter passado por você, na porta?

— Não, senhor. Eu nunca deixo a minha posição na porta, exceto quando dou as voltas de ronda.

— Que outras entradas há no edifício?

— Há a porta que abre para o apartamento de Mr. Mortimer.

— Essa porta fica bem fechada todas as noites — advertiu Mortimer —, e para que alguém se utilizasse dela teria de entrar no edifício pela porta central.

— E os criados?

— Esses estão alojados em dependência inteiramente separada.

— Bem — disse o inspetor. — Vejo tudo muito obscuro. Felizmente nenhum dano foi causado, já que Mr. Purvis afirma que as joias são verdadeiras.

— Isso garanto. Provo que são verdadeiras.

— Assim sendo, o caso se me apresenta como de pura malvadez. Não obstante quero examinar o edifício em redor para ver se há traços de qualquer coisa.

Sua investigação, que durou a manhã inteira, foi cuidadosa e inteligente, mas não deu nenhum resultado. Vimos que havia duas possíveis entradas para o museu. Uma, pelo porão e outra pela claraboia de um lenheiro que justamente fronteava a sala invadida. Mas nem no lenheiro, nem no porão poderia ele ter penetrado antes de passar pela porta principal do edifício, a não ser que tivesse ficado oculto no recinto quando o museu se fechou. O exame daqueles locais, entretanto, não mostrava o menor sinal de ter passado alguém por ali. Ficamos, pois, na mesma, sem a mais leve pista do profanador do peitoral.

Havia ainda um caminho a tomar, e logo que o inspetor se retirou Mortimer foi comigo à casa do professor Andreas. Levava consigo as duas cartas. A nova residência do professor era uma pequena casa no Upper Norwood. Quando batemos, uma criada veio dizer-nos que o professor não estava e indagou se queríamos falar com a filha.

Creio que já disse que a filha do professor Andreas era uma linda moça. E realmente o era. Loura e graciosa, com aquele tom de pele que os franceses chamam *mat*, lembrando marfim velho ou as pétalas de uma variedade de rosa creme. Impressionou-me, entretanto, o seu aspecto. Estava pálida e com os olhos estranhamente perturbados.

— Meu pai foi para a Escócia — disse-nos ela. — Andava cansado e muito preocupado. Partiu ontem.

— Também a senhora me parece cansada, Miss Andreas — observou o meu amigo.

— É o estado de meu pai que me preocupa.

— Pode dar-nos o endereço lá?

— Sim. Está com seu irmão, o reverendo David Andreas, em Ardossan.

Wart Mortimer tomou nota e despediu-se, sem declarar o objetivo da visita. Voltamos para o museu, nada adiantados na decifração do enigma, mas dispostos a partir no dia seguinte para Ardossan.

Na manhã do dia seguinte fui despertado muito cedo por uma batida na porta. Era um mensageiro da parte de Mortimer.

"Venha depressa, o caso está ficando sensacional."

Fui sem demora e encontrei-o a medir passos nervosamente na sala do urim, com o guarda perfilado militarmente a um canto.

— Meu caro Jackson — exclamou Mortimer —, fez bem em ter vindo depressa.

— Que aconteceu de novo?

— Olhe aqui.

Olhei e não pude reter uma exclamação de surpresa. A segunda fila de gemas do urim estava no mesmo estado da primeira, com os engastes arranhados e mal ajeitados em redor das pedras. Só a fila derradeira se conservava intacta.

— E as gemas?

— Não foram trocadas, pelo menos parece-me. Prestei muita atenção ontem, quando o perito as examinou, e estou convencido de que são as verdadeiras. Além do mais, desde que o ladrão não extraiu as quatro da fila de cima, não havia motivo para extrair as quatro da fila do meio.

O vigilante declarou o mesmo que na véspera — não ter ouvido nenhum rumor suspeito, apesar de haver redobrado de atenção.

— Mas — acrescentou — quando fiz minha última ronda tive o cuidado de espiar a caixa e notei que o peitoral tinha sido de novo trabalhado. Fui avisar Mr. Mortimer e passei o resto da noite muito atento, sem perceber coisa nenhuma.

— Venha tomar o *breakfast* comigo, Jackson — disse Mortimer, levando-me para os seus aposentos. E lá: — Que é que pensa disto, amigo?

— Penso que é o caso mais absurdo, obscuro e idiota que vi em toda a minha vida. Só se pode tratar de uma coisa: obra de monomaníaco.

— Pode formular alguma hipótese?

Uma estranha ideia ocorreu-me.

— Este objeto é uma relíquia de grande antiguidade e santidade para os judeus. Quem sabe se não está sendo profanada por algum antissemita?

— Não, não — contraveio Mortimer. — Absurdo. Que espécie de profanação seria essa em mexer apenas no engaste e à razão de quatro pedras por noite? A explicação há de ser outra, e nós dois é que temos de encontrá-la, pois nada espero do inspetor. Que pensa de Simpson, o guarda noturno?

— Tem algum motivo para suspeitar dele?

— Não, mas é a única pessoa que fica dentro do edifício.

— Mas por que havia Simpson de entreter-se com essa absurda profanação? Nada foi tirado. Não vejo que motivo poderia levá-lo a isso.

— Mania...

— Não. Eu garanto a sua sanidade mental.

— Imagina alguma outra hipótese?

— Que você seja sonâmbulo. Nunca sofreu nenhum acesso de sonambulismo?

— Absolutamente nunca.

— Nesse caso desisto de formular hipóteses.

— Pois eu não desisto de desvendar o mistério — disse Mortimer.

— Já sei. Quer ir à Escócia procurar o professor Andreas.

— Não. Minha ideia é outra. Escute. Lembra-se da posição da claraboia do lenheiro? Dá justamente para a sala do urim. Minha ideia é ficarmos lá dentro, à espreita. O profanador ladrão está operando por partes: quatro pedras cada noite. É, portanto, provável que venha mexer nas quatro que ainda restam intactas.

— Ótima lembrança! — exclamei.

— E guardaremos segredo. Nem Simpson, nem a polícia deve entrar no conhecimento de nada.

Eram dez horas da noite quando voltei naquele dia ao Museu Belmore. Mortimer estava nervoso, e como fosse cedo para iniciar a nossa espionagem ficamos ainda por duas horas a debater o misterioso caso. À meia-noite fomos para o lenheiro, de cuja claraboia se divisava o interior da sala do urim. Os vidros dessa claraboia estavam opacos de sujeira velha; raspamo-los em dois pontos e pudemos assim obter visão perfeita da sala, que se conservava com todas as luzes acesas.

Aquela vigília valeu-me por excelente lição, porque através do meu observatório fui matando o tempo a examinar inúmeros objetos que até então só havia visto muito ligeiramente. Pude estudar de lá longamente as pinturas tumbais de Sicara, as frisas do tempo de Karnak, as estátuas de Mênfis e as várias inscrições de Tebas — isso sem que volta e meia meus olhos deixassem de alentar na caixa de vidro do urim. Súbito, meu amigo apertou-me o braço. Entre os objetos que ali podíamos ver estava uma grande caixa tumular de múmia egípcia — e para ela Mortimer chamou-me a atenção. A tampa dessa caixa começava a erguer-se com extrema lentidão, e foi-se abrindo até que uma cabeça apareceu — uma cabeça nossa conhecida — a cabeça do professor Andreas! Cuidadosamente esgueirou-se ele fora da caixa e, na ponta dos pés, ouvidos atentos, a olhar de todos os lados, dirigiu-se para o estojo em que estava o urim. Lá, tirando do bolso uma chave, abriu-o, colocou a joia sobre a tampa, e debruçado sobre ela começou com um instrumento qualquer a abrir os engastes da última fileira de gemas.

Pela respiração opressa de Mortimer e pela crispação dos seus dedos ainda agarrados ao meu braço pude avaliar a indignação que o tomava ante aquele vandalismo por parte da pessoa que mais devia venerar a preciosa relíquia. Ele, o professor Andreas, o homem que dias antes nos mostrara a famosa antiguidade, fazendo ressaltar os seus excepcionais méritos, a ultrajá-la daquela maneira! Era absurdo e, no entanto, era o real. Que horrível hipocrisia, que imensa maldade o movia assim contra o seu sucessor na direção do museu? Embora não tendo para isso as especiais razões de Mortimer, confesso que me senti tomado da mesma indignação, e foi com alívio que recebi o seu convite para entrarmos em ação.

Saímos do lenheiro, de rumo ao museu. Pelo caminho Mortimer exclamou, rancoroso:

— O abominável vândalo! Poderíamos admitir semelhante coisa?

— Realmente assombra.

— Ou é o maior dos miseráveis ou é um lunático. Em breve verificaremos isso. Depressa, Jackson.

Passamos pela porta que comunicava o museu com o apartamento de Mortimer e depois de descalçar os sapatos tomamos a direção da sala do urim. Caminhávamos no maior silêncio, pé ante pé. Ao aproximar-nos do profanador, aí a uns dez metros de distância, fomos pressentidos, e com um grito de pânico o professor Andreas deitou a correr às tontas.

— Simpson! Simpson! — gritou Mortimer, e imediatamente surgiu lá adiante a figura alentada do vigilante.

O fugitivo viu-o e compreendeu que era impossível a fuga. Parou, então, com um gesto de desespero. Quase no mesmo instante pusemos-lhe a mão em cima.

— Entrego-me, senhores — disse ele, ofegante. — Mas, por favor, vamos para a sala de Mr. Mortimer. Devo-lhe uma explicação.

O furor do meu amigo ainda tão aceso que nem pôde responder. Ladeamos o professor e, seguidos do assombradíssimo vigilante, levamo-lo, sim, para o local do crime. Uma das pedras da última fila estava com o engaste arranhado, exatamente como nos dias anteriores acontecera às demais. Mortimer olhou para o prisioneiro com olhos coléricos.

— O senhor! Logo o senhor!

— É horrível... horrível! — disse Andreas. — Compreendo a sua indignação. Conduza-me para o seu quarto.

— Mas isto não pode ficar aqui — disse Mortimer tomando o peitoral e levando-o carinhosamente consigo, depois de botar o professor por diante como faz a polícia com os presos. Ao chegar à sala de Mortimer, o professor caiu numa poltrona, tão lívido que me pareceu prestes a desmaiar. Um cálice de *brandy* fê-lo voltar a si.

— Estou melhor agora — disse depois que bebeu. — Estes dois últimos dias têm sido demais para mim. Estava já no limite da minha resistência. Tudo não passa de um pesadelo... de um terrível pesadelo. Eu, preso como ladrão no próprio museu que por tanto tempo dirigi! Entretanto não me queixo. O senhor não poderia proceder de outra forma. Minha esperança era terminar o serviço antes que algo fosse descoberto.

— Como entrou lá? — quis saber Mortimer.

— Não era difícil. Eu penetrava no museu bem cedo, antes de começar a afluência, e escondia-me no caixão da múmia. Ouvia lá os passos de Simpson. E para retirar-me fazia a mesma coisa.

— Correu grande risco.

— Não o ignoro.

— Mas por quê? Qual o motivo que poderia levá-lo a fazer semelhante coisa? — interpelou Mortimer apontando para o peitoral colocado em cima da mesa.

— Não havia outro jeito. Pensei e repensei sobre o caso e só vi esse meio de evitar um horrível escândalo, funesto para mim e minha família. Agi com as melhores intenções, como o senhor verificará se quiser ouvir-me.

— Vou ouvi-lo antes de tomar qualquer resolução a respeito — disse Mortimer sombriamente.

— Vou confessar-me sem nenhuma reserva — continuou Andreas —, e muito espero da generosidade de ambos. Os senhores já conhecem a pessoa que se nomeia a si própria capitão Wilson. Digo assim porque não creio que seja esse o seu verdadeiro nome. Levaria muito tempo se fosse contar detalhadamente os meios pelos quais ele se introduziu na minha casa e como conquistou o coração da minha filha. Wilson apareceu com fortes recomendações de colegas e forçou as portas do meu lar. Depois, graças às suas qualidades pessoais, que são numerosas, conseguiu fazer-se íntimo, e quando vim a saber da afeição de Elisa por ele não me surpreendi, dado o encanto de suas maneiras e da sua conversa.

"Wilson mostrava-se muito interessado em antiguidades orientais, e seus conhecimentos no assunto eram invulgares. Muitas vezes, quando vinha passar as tardes conosco, pedia-me licença para entrar no museu e lá ficava a estudar os mais variados objetos. Eu, com o meu entusiasmo pelo orientalismo, via aquilo de modo simpático, e de nenhum modo me surpreendi com a frequência de tais visitas. Depois do seu compromisso com Elisa não se passava dia sem que ficasse uma ou duas horas sozinho no museu. Essa situação só mudou com a resignação do meu cargo, e consequente mudança para Norwood, onde eu esperava encontrar o necessário sossego para escrever a obra que tenho em vista.

Foi logo depois — uma semana depois — que eu compreendi o verdadeiro caráter do homem que por imprudência deixei entrar na minha intimidade. A descoberta veio-me por meio de cartas de amigos do estrangeiro com os quais mantenho correspondência. As apresentações de Wilson eram falsas. Atônito com a revelação, perguntei a mim mesmo que motivo teria aquele homem para proceder assim. Muito pobre eu era para que a esperança de dote pelo casamento de minha filha o atraísse. Por que, então? Foi quando me lembrei que algumas das mais valiosas joias do mundo estavam confiadas à minha guarda e, ligando os fatos, recordei o interesse de Wilson em familiarizar-se com as caixas em que eram guardadas. Convenci-me de que era um ladrão a planejar um golpe terrível. Mas no estado em que haviam chegado as coisas, como poderia eu atrapalhar-lhe os planos sem o sacrifício de minha filha? Daí a carta anônima. Por mais que refletisse não me ocorreu solução melhor.

Devo dizer que minha mudança para Norwood em nada afetou as visitas daquele homem, que passara a exercer um terrível domínio sobre Elisa. Só então pude perceber até que extremos pode uma mulher ser dominada. Certa noite dei ordem para que o introduzissem em meu escritório e não na sala, como de costume, e lá abri-me. Contei o que sabia dele e das suas intenções; disse ainda que havia tomado todas as medidas para evitar a sua ação, e que tanto eu como Elisa não queríamos vê-lo nunca mais. Disse também que graças a Deus eu tinha aberto os olhos a tempo de proteger os preciosos objetos que haviam tentado a sua cobiça.

Wilson é indubitavelmente um homem de nervos de aço. Ouviu minhas palavras sem a menor observação ou sinal sequer de surpresa. Ouviu-me atentamente, sério. Mal terminei, sem pronunciar uma só palavra caminhou em direção da campainha e premiu o botão.

— Peça a Miss Andreas para vir aqui — disse ele à criada que apareceu.

Minha filha veio e o homem fechou a porta. Depois tomou-lhe a mão e disse:

— Elisa, seu pai descobriu que sou um vilão e, portanto, sabe o que você já sabia.

Minha filha ficou imóvel, a ouvir.

— Diz ele que nos vamos separar para sempre.

Ela não retirou a mão dentre as suas.

— Conserva-se você fiel a mim ou decide-se afastar de minha cabeça a única boa influência que sobre ela ainda pairou?

— John — respondeu Elisa apaixonadamente —, eu jamais o abandonarei! Nunca, nunca, ainda que o mundo inteiro se levante contra você.

Em vão discuti e argumentei com minha filha. Seu destino já estava amarrado ao daquele homem. Minha Elisa é tudo quanto me resta no mundo, os senhores sabem, e senti um imenso aperto de coração ao verificar que era impotente para salvá-la da ruína. Meu desespero parece que tocou o coração daquele homem.

— Talvez eu não seja tão mau como o senhor supõe — disse-me ele na sua voz calma e inflexível. — Amo Elisa com um amor capaz de regenerar até um criminoso com o meu recorde. Ontem prometi-lhe que nunca mais praticaria uma ação de que pudesse envergonhar-me. Deliberei isso e nunca em minha vida deliberei coisa que não realizasse.

Falava com absoluta firmeza e ao concluir tirou do bolso um envelope grosso.

— Vou dar uma prova da minha determinação e isto, Elisa, já é o primeiro fruto da sua benéfica influência. O senhor está certo, professor Andreas, no admitir as minhas más intenções quanto às joias do museu. Foi aventura que muito me seduziu, tanto pelo valor das joias como pelos riscos a correr. Aquele peitoral judeu desafiava a minha ousadia e o meu engenho.

— Já desconfiava disso — murmurei.

— Mas duma coisa não desconfiou.

— E foi...

— Que eu já tivesse as gemas em meu poder. Aqui estão elas neste envelope.

Abri o envelope e despejei o conteúdo sobre a mesa. Meus cabelos eriçaram-se e minha carne foi perpassada de calafrios. Ali estavam as 12 preciosíssimas gemas gravadas de caracteres místicos. Não havia dúvida que eram as gemas do urim.

— Deus! — exclamei. — Como conseguiu roubá-las?

— Substituindo-as por 12 outras, feitas especialmente e com os caracteres tão bem imitados que não há como perceber a diferença.

— Então são falsas as gemas lá do museu?

— Há já algumas semanas que são.

Ficamos todos em silêncio, minha filha muito pálida a segurar a mão daquele homem.

— Veja de que sou capaz, Elisa — disse ele.

— Não me é novidade isso, John — foi a sua resposta.

— Influência de Elisa, professor — disse ele. — Deixo as gemas entregues ao seu cuidado; mas lembre-se de que qualquer coisa que fizer contra mim fará contra o marido de sua filha. Nós nos veremos ainda, Elisa, e esta será a última vez que eu causo alguma dor a esse generoso coração. — E com estas palavras retirou-se.

Minha situação era terrível. Ali estava eu na posse daquelas preciosas relíquias — e como repô-las em seu lugar sem escândalo público? Eu conhecia a natureza de Elisa para saber que era impossível destacá-la do homem ao qual havia dado o seu coração. E como podia denunciá-lo sem atingi-la? E como podia fazer qualquer coisa contra um homem que voluntariamente se tinha entregue em minhas mãos? Muito ponderei sobre o caso e por fim deliberei fazer o que fiz — e que de novo faria se o caso se reproduzisse.

Minha ideia era recolocar as pedras sem que pessoa nenhuma desse por isso. Com as minhas chaves podia penetrar no museu a qualquer tempo e sabia como evitar Simpson, cuja rotina de ronda me era familiar. Determinei não pôr ninguém no conhecimento do meu plano — nem sequer minha filha — e daí a lembrança dessa viagem à Escócia. Eu queria por umas tantas noites ficar inteiramente livre de movimentos.

Da primeira vez que penetrei no museu consegui recolocar quatro gemas. Quando Simpson se aproximava eu escondia-me no caixão da múmia. Meus conhecimentos de ourivesaria ajudaram-me alguma coisa, mas fiz trabalho muito inferior ao do ladrão. E foi o grosseiro do meu trabalho que me denunciou. Na segunda noite coloquei mais quatro. E esta noite recolocaria as últimas, se não fosse a sua inopinada intervenção. Eis os fatos. Apelo agora para os sentimentos de honra e compaixão de ambos. Minha felicidade, o futuro da minha filha e as esperanças de regeneração daquele homem dependem apenas dos senhores."

— O que quer dizer — concluiu Mortimer — que *tout est bien qui finit bien* —[1] e este incidente está acabado. Amanhã os engastes frouxos ou mal ajustados serão corrigidos por um hábil ourives e pronto. Está o urim livre do maior perigo por que passou desde a destruição do Templo. Devo dizer-lhe, professor Andreas, que em seu caso eu procederia exatamente da mesma maneira.

Nota final: Um mês depois Elisa casava-se com um homem cujo nome, se eu cometesse a indiscrição de o mencionar, lembraria os leitores um dos homens mais larga e merecidamente honrados dentre os nossos contemporâneos. Mas, se a verdade pudesse ser conhecida, veriam todos que essa honra não vinha dele, e sim da linda filha do professor Andreas, que a tempo o agarrou pela gola e o salvou de rolar pelo despenhadeiro de cujo fundo raríssimos emergem.

---

1 *Em francês, "tudo está bem quando termina bem". No original, a expressão está em inglês. (N.E.)*

O UNICÓRNIO

Não pretendo explicar o que ocorreu no dia 14 de abril deste ano, no número 17 de Badderly Gardens. Lançar no papel uma teoria parece-me perigoso e indigno de séria consideração. No entanto, esse fato se deu e de modo a gravar-se para sempre em nossos "eus" pelo resto da vida, como o poderão testemunhar cinco pessoas. Vou fazer apenas um simples relato que depois submeterei a John Moir, Harvey Deacon e Mrs. Delamere, só o publicando se obtiver de todos plena aprovação.

Foi John Moir quem primeiramente nos chamou a atenção para essa ordem de fenômenos conhecida pelo nome de ocultismo. Moir possuía o seu lado místico, o que não é raro entre os homens de negócios, inclinação que o levou ao exame, e eventualmente à aceitação desses ilusivos fenômenos. Suas investigações, começadas com muita largueza de espírito, acabaram finalmente em dogmatismo rígido; Moir tornou-se um fanático, nem melhor nem pior que qualquer outro. Na nossa roda representava o grupo dos que transformam o ocultismo em religião.

Mrs. Delamere, a médium, era sua irmã, e esposa do escultor Delamere, já com um bonito nome. Nossas primeiras experiências demonstraram que era tão tolo trabalhar nesse campo sem médium como era o astrônomo estudar o céu sem telescópio. Por outro lado a admissão de um médium pago nos repugnava; o interesse por dinheiro podia levar essa criatura a nos desnaturar os fenômenos. Impossível tomar a sério manifestações mediúnicas pagas à hora. Por felicidade Moir descobriu que sua irmã possuía mediunidade – ou, por outras palavras, descobriu que se comportava como bateria dessa força magnética animal, única forma de energia bastante sutil para ser influenciada do plano espiritual. Quando falo assim não imponho uma teoria – apenas menciono a teoria que então adotávamos. Mrs. Delamere aceitou ser nossa médium, apesar da careta do esposo, e embora não desse nunca demonstração de possuir alta mediunidade, conseguiu realizar os fenômenos mais comuns das mensagens ditas através da mesinha, fenômenos que têm tanto de pueril como de inexplicável. Cada noite de domingo reuníamo-nos ali no estúdio de Harvey Deacon, em Badderley Gardens, perto da esquina da Merton Park Road.

Em sua qualidade de artista, Harvey gostava de demonstrar a todos que o bizarro e o sensacional constituíam o seu ambiente favorito. Um certo pitoresco no ocultismo fora o elemento que o atraiu; mas aos poucos foi sendo envolvido e acabou crente de estar em face de algo terrivelmente importante. Deacon, um homem de espírito claro, representava em nosso grupo a parte do crítico – isto é, do homem sem preconceitos, que só se baseia em fatos e se recusa a concluir antes de experimentar. Suas cautelas e prevenções aborreciam Moir tanto quanto a robusta crença de Moir divertia Deacon – mas cada qual ao seu modo se interessava vivamente pelo assunto.

E eu? Que papel representava eu? Um crente, não era. Nem tampouco um crítico baseado na ciência. Talvez mero diletante, curioso de tudo quanto me tirava do ramerrão da rotina e me abria perspectivas novas. Não sou de temperamento entusiasta, mas gosto da companhia dos entusiastas. A convicção de Moir dava-me a impressão agradável de que ele dispunha da palavra de senha com que viajar pelas regiões da morte. O ambiente em penumbra das nossas sessões fazia-me bem. Em resumo – aquilo me divertia.

Como já disse, foi no 14 de abril que o estranho acontecimento se deu. O primeiro dos homens a chegar fui eu; Mrs. Delamere já lá estava, tendo ido ao chá da tarde com Mrs. Deacon. Encontrei as duas damas, e também Deacon, diante de um cavalete onde havia uma tela em andamento. Não sou entendido em pintura, nem nunca procurei compenetrar-me do que Deacon entendia por "sua arte". Mas o que vi pareceu-me bem – uma cena alegórica, de pura imaginação, com seres fantásticos de todos os jeitos. As damas abriam-se em louvores exagerados — talvez impressionadas pelas cores, que eram ótimas.

— Que pensa disto, Markham? — perguntou Deacon.

— Oh, está acima da minha compreensão — respondi. — Esses animais...

— Monstros míticos, seres imaginários, emblemas heráldicos... uma espécie de procissão mágica.

— Com um cavalo branco na frente — observei.

— Não é cavalo — protestou Deacon um tanto ofendido —; o que me surpreendeu em uma criatura em regra sempre bem-humorada e das que levam tudo pelo lado bom.

— Que é então?

— Não está vendo o chifre na testa? Um unicórnio. Já disse que se trata de uma composição heráldica, não percebe?

— Desculpe-me, Deacon — exclamei, atencioso, ao vê-lo agastado.

O meu bom amigo riu-se de si próprio, voltando ao normal.

— Perdoe-me, Markham. O fato é que tive um trabalho horrível com esse "cavalo branco". Passei o dia a pintá-lo e a esforçar-me por imaginar que jeito teria um unicórnio vivo. Por fim fixei o que está, e quando vi que você nem sequer o reconhecia, tomando-o por um cavalo, irritei-me.

— Sim, agora vejo que é um unicórnio — disse eu, procurando destruir o efeito da minha obtusidade. — Distingo muito bem o chifre no meio da testa... mas declaro que jamais vi nenhum unicórnio, a não ser em brasão de armas, e nem dei nunca um só pensamento a tal criatura. O resto vejo que são dragões e grifos e toda essa trapalhada, não é?

— Sim, e esses não me deram trabalho. O duro de roer foi o unicórnio, mas estarei livre dele até amanhã. — E dizendo isto voltou o quadro no cavalete, mudando de assunto.

Moir foi o que chegou por último e com surpresa geral trouxe um companheiro que nos apresentou como Monsieur Paul Le Duc. Nossa surpresa provinha de que a base do encanto daquelas sessões estava na intimidade, a ausência de "corpos estranhos". A confiança que depositávamos uns nos outros era completa, ao passo que com um estranho a suspeita viria viciar tudo. Le Duc era um francês já conhecido pelos seus estudos de ocultismo; estava a passeio pela Inglaterra e apresentara uma carta de recomendação a Moir, assinada pelo presidente da Rosa Cruz de França. Nada mais natural, pois, que fosse introduzido em nosso círculo.

Era um homem baixo e atarracado, nada distinto na aparência, de cara chata, onde apenas chamavam a atenção os olhos, notavelmente grandes e veludosos. Apresentava-se bem-vestido, com maneiras de *gentleman* e a falar inglês com sotaque de fazer rir às damas. Mrs. Deacon, que não gostava das nossas sessões, retirou-se logo depois; em seguida baixamos as luzes e dispusemos as cadeiras em redor de uma mesinha de mogno no centro da sala. A penumbra permitia que nos distinguíssemos uns aos outros, e lembro-me de que observei com curiosidade as mãozinhas gordas e quadradas do francês, postas sobre a mesa.

— Que ótimo! — exclamou ele. — Faz muito tempo que não tenho uma sessão de mesinha e isto me diverte. Madame é a médium, já sei. Mas chega a entrar em transe?

— Creio que quase — respondeu Mrs. Delamere. — Pelo menos fico num estado de extrema sonolência.

— Isso é o primeiro estágio. Se madame insistir, alcançará o transe. E, quando o transe vier, então o espírito de madame sairá do seu corpo para dar lugar a outro espírito. Madame ficará na situação de um maquinismo que um terceiro opera.

E depois, como se pressentisse no ar qualquer coisa:

— Hum! Mas que é que os unicórnios têm conosco?

Harvey Deacon remexeu-se na cadeira, a olhar para o francês cujos olhos perquiriam a penumbra da sala.

— Que ótimo! — continuou ele, deleitado. — Unicórnios! Quem foi que esteve a pensar tão fortemente num tema tão bizarro?

— Acho espantoso o que me diz! — murmurou Deacon. — Realmente passei o dia tentando pintar um unicórnio. Mas como pôde adivinhar isso, Monsieur Le Duc?

— Esteve pensando em unicórnios nesta sala, não é?

— Certamente; é aqui o meu estúdio.

— Pois pensamentos são coisas, meu amigo. Quando o amigo pensa em uma coisa, está formando essa coisa. Não sabia? Mas se posso ver aqui unicórnios é que algo mais além dos meus olhos está em ação.

— Quer dizer que eu criei uma coisa que nunca existiu pelo mero ato de nela pensar?

— Exatamente. É um fato isso, e daí vem que os maus pensamentos constituem perigo.

— Essas coisas assim criadas existem no plano astral? — perguntou Moir.

— Plano astral! Isso não passa de palavras, meu amigo — respondeu o francês. — Elas estão por aí, não sabemos onde, e ninguém o pode dizer. Entretanto vejo-as, sem poder tocá-las.

— E não pode fazer-nos vê-las?

— Isso seria materializá-las. Escutem! Está aí uma boa experiência. Talvez nos falte força psíquica. Vou ver quanta há por aqui. Quererão colocar-se na mesa do modo que eu determine?

— Vejo que o senhor entende disto muito mais que nós — observou Deacon. — O melhor é que assuma a direção.

— Talvez o ambiente não se preste, mas podemos experimentar. Madame ficará sentada onde está; eu, logo depois; e este *gentleman*, perto de mim. Mister Moir ficará com madame, do outro lado. É preciso que haja uma alternação de louros e morenos. Assim! E agora, permitam-me que apague as luzes.

— Qual a vantagem do escuro? — perguntei.

— Porque a força com a qual vamos lidar é uma vibração do éter, como também a luz. Vamos funcionar como os fios dessa eletricidade psíquica, entende? Não se assuste com o escuro, madame. Que ótimo está essa sessão!

Logo que se apagaram as luzes a escuridade pareceu completa; em poucos minutos, entretanto, nos afizemos à treva e de novo pudemos ver-nos difusamente. Eu nada mais podia divisar na sala senão os vultos em sombra dos meus amigos ali imóveis. Estávamos a levar a coisa mais a sério do que das outras vezes.

— Coloque suas mãos mais para frente. Precisamos estabelecer contato; a mesa é muito grande para tão poucas pessoas. Coragem, madame, e se a sonolência começar a vir, procure não espantá-la. E agora, silêncio...

Ficamos ali sentados, em completo silêncio e imóveis dentro das trevas. Um relógio de parede fazia tic-tac no corredor. Um cachorro latia a espaços, na distância; e de vez em vez um carro passava na rua, varrendo momentaneamente o estúdio com um feixe de luz coada pelas frestas da persiana. Comecei a sentir os mesmos sintomas com que em outras sessões já me havia familiarizado — frieza nos pés, formigamento nas mãos, queimor nas palmas, calafrios na espinha. Uma estranha sensação de dor picotada sobreveio em meu antebraço esquerdo, justamente o que estava junto ao francês — devido sem dúvida a qualquer perturbação do sistema vascular. Também me lembro que era quase penoso o meu sentimento consciente de expectação. A rígida imobilidade e o absoluto silêncio dos meus companheiros diziam-me que estavam a sentir o mesmo que eu.

Súbito algo soou no escuro — algo sibilante, rítmico, lembrando a respiração de uma mulher. Foi crescendo de intensidade até fazer-se resfôlego entre dentes cerrados.

— Que é isso? — indagou alguém no escuro.

— Vai tudo bem — respondeu o francês. — É madame, que está caindo em transe. Agora, senhores, se todos nos mantivermos imóveis e quietos teremos qualquer coisa muito interessante.

Tic-tac do relógio no corredor. O mesmo resfôlego cada vez mais profundo da médium. Ainda ocasionais passagens de carros na rua, com varridelas de luz pelo estúdio. Sobre que abismo estávamos a lançar uma ponte — os carros de Londres dum lado e o eterno de outro! A mesa palpitava, com estalidos na sua substância, como de madeira submetida à combustão.

— Há muita força acumulada — disse o francês. — Veja como já aparece sobre a mesa.

Não era ilusão sua, não. Uma fosforescência esverdeada — uma espécie de vapor luminoso — formava-se sobre a mesa, ondulando, revoluteando sobre si mesmo como rolos de fumaça. Pude ver as mãos quadradas do francês à luz dessa fosforescência.

— Que ótimo! — exclamou ele. — Esplêndido!

— Podemos começar as perguntas com o alfabeto? — indagou Moir.

— Não. Há coisa muito melhor a fazer — respondeu Le Duc. — Idiota isso de que a mesa dê letra por letra a resposta do que perguntamos. Quem dispõe duma médium como madame não recorre a mesas.

— Sim, não é preciso — murmurou uma voz.

— Quem está falando? Foi você, Markham?

— Eu, não. Não abri minha boca.

— Foi madame quem falou — disse alguém no espaço.

— Mas não era sua voz. Conhecemos sua voz...

— Falou através de madame a força que usa de seus órgãos — disse a voz.

— Onde está madame Delamere? Isso não lhe trará distúrbios?

— O médium sente-se feliz quando muda de plano de existência. Ela tomou o meu lugar e eu tomei o dela.

— Mas quem fala?

— Não importa quem sou. Sou alguém que viveu, como vós ainda viveis, e que morreu, como haveis de morrer.

Nesse momento ouvi o rumor dum *cab* que parava na porta do vizinho. Houve um rápido bate-boca a propósito do preço da corrida e a seguir o *cab* rodou acompanhado de resmungos do cocheiro. A luz fosforescente que boiava sobre a mesa ondulou e descaiu, indo acumular-se defronte da médium. Uma estranha sensação de medo apertou-me o coração. Senti que levianamente nos tínhamos aproximado do mais augusto dos sacramentos — aquela comunhão com os mortos de que falam os padres da igreja.

— Não acha que estamos indo muito longe? Não será melhor interromper a sessão? — sugeri.

Mas todos os companheiros estavam interessadíssimos e riram-se dos meus escrúpulos.

— Todas as forças existem para nosso uso — sentenciou Harvey Deacon. — Se podemos fazer isso, devemos fazê-lo. Cada novidade em matéria de conhecimento é mal recebida e condenada... no começo. Nada mais natural que desejemos instruir-nos sobre a natureza da morte.

— Nada se opõe a isso — murmurou a voz.

— Está aí! — exclamou Moir, triunfante e cada vez mais excitado. — Vamos fazer uma experiência. — E dirigindo-se à voz: — Quer dar-nos uma prova de que realmente existe?

— Que prova quer?

— Ahn... Tenho algumas moedas no bolso. Pode dizer-me quantas são?

— Aqui estou para ensinar e elevar os espíritos, e não para adivinhações pueris.

— Toma, Mister Moir! — exclamou o francês. — Nada mais sensato do que as palavras que acabamos de ouvir.

— Religião não é jogo — prosseguiu a voz em tom duro.

— Exatamente — aprovou Moir. — É como penso e sinto ter feito semelhante pergunta. Não quer dizer-nos quem é?

— Que importa a minha identidade?

— Há muito tempo que está neste estado de espírito?

— Sim.

— Quanto tempo?

— Não contamos o tempo como os vivos. Nossas condições são diferentes.

— Sente-se feliz?
— Sim.
— Quer voltar à vida?
— Absolutamente não.
— Ocupa-se de alguma coisa?
— Não podíamos ser felizes se de nada nos ocupássemos.
— Que faz?
— Já disse que nossas condições são diferentes.
— Pode dar-nos uma ideia dessa ocupação?
— Trabalhamos para nossa própria melhoria e para a melhoria dos outros.
— Gostou de ter vindo aqui esta noite?
— Gostarei, se disso resultar algum bem.
— Então o Bem é o supremo objetivo?
— É o objetivo de todas as espécies de vida, em qualquer plano em que se apresentem.
— Você vê, Markham, que isto atende aos seus escrúpulos.

De fato assim era e foi com interesse crescente que atentei em tudo mais.

— Existe a dor, nessa sua vida? — perguntei.
— Não; a dor está ligada ao corpo.
— E dor moral?
— Sim; podemos sentir-nos tristes ou ansiosos.
— Encontra-se com amigos que conheceu na terra?
— Com alguns.
— Quais?
— Os que nos eram simpáticos.
— Os maridos encontram as esposas?
— Os que em vida se amaram, sim.
— E os outros?
— Nada são um para o outro.
— Deve haver ligações espirituais, não?
— Sem dúvida.
— O que estamos fazendo não é condenável?
— Não, se feito com boas intenções.
— Em que consiste má intenção?
— Curiosidade e leviandade.
— Algum mal pode provir disso?
— Muitos.

— Que espécies de mal?
— Podem surgir forças sobre as quais não podeis exercer controle.
— Forças do mal?
— Forças não desenvolvidas.
— E são perigosas? Perigosas para o corpo ou só para o espírito?
— Muitas vezes para ambos.

Houve uma pausa; a escuridão continuava intensa, com o vapor fosforescente a ondular volutas sobre a mesa.

— Quer perguntar mais alguma coisa, Moir? — indagou Deacon.
— Só mais uma. Ora-se lá no seu mundo?
— A oração é de todos os mundos.
— Por quê?
— Porque é o meio de admitir que existem forças fora de nós.
— Que religião há por lá?
— Variamos, como variam os homens na terra.
— E possuem conhecimentos certos?
— Apenas temos fé.

— Estas questões sobre religiosidade — disse o francês — poderão ter interesse para a gente inglesa; mas nada oferecem de novo. Com tal força aqui creio que poderíamos provocar alguma experiência muito curiosa. Algo de sensação.

— Mas nada vejo mais interessante do que estas questões — replicou Moir.

— Bem, se o senhor pensa assim, está bem — murmurou o francês levemente irônico. — Da minha parte julgo que já em excesso ouvimos estas perguntas e respostas. Se quer continuar, muito bem, mas logo que haja satisfeito a sua curiosidade deixe-nos fazer uma experiência que valha a pena.

O encanto quebrara-se. Novas perguntas foram feitas sem que o médium desse qualquer resposta; a névoa fosforescente, entretanto, ainda permanecia sobre a mesa.

— A harmonia foi perturbada. Não haverá mais respostas.
— Mas os senhores já ouviram tudo quanto desejavam saber, não é assim?
— Eu, do meu lado, desejaria tentar qualquer coisa nunca vista antes.
— Que coisa, por exemplo?
— Os senhores permitem-me que experimente?
— Mas diga o que é, primeiro.

— Já expliquei que pensamentos valem por coisas. Quero agora provar minha teoria, demonstrando que pensar é criar. Sim, sim, posso fazê-lo. Só peço que fiquem imóveis e em silêncio, com as mãos sobre a mesa.

A sala estava mais escura e silenciosa do que nunca. O mesmo sentimento de apreensão que me empolgara no começo pesou-me de novo sobre o coração. Meus cabelos formigavam.

— Está começando! Está começando! — exclamou o francês.

O vapor luminoso oscilou sobre a mesa e depois ondeou pelo espaço. Num dos cantos mais escuros da sala deteve-se e aglomerou-se num núcleo brilhante — massa movediça e radiosa, mas que não projetava luz. Mudara de cor. Passara do esverdeado pálido para um tom castanho. Súbito, em seu centro, começou a formar-se um corpo mais escuro — e a luminosidade extinguiu-se.

— Foi-se.

— Não! Está qualquer coisa na sala...

No canto escuro onde o vapor luminoso se acumulara qualquer coisa ofegava impaciente.

— Que será? Que é que fez, Le Duc?

— Está tudo bem, nenhum mal virá — respondeu o francês com a voz alterada.

— Deus do céu, Moir! Há um animal na sala. Aqui, do meu lado! Sai! Sai.

Era a voz de Harvey Deacon. Logo a seguir rompeu um tumulto...

Como poderei descrever o que houve? Qualquer coisa de dimensões enormes rompera contra nós, aos saltos, aos roncos, esmagadoramente. A mesa desfez-se em pedaços, e vimo-nos projetados em todas as direções. A coisa arremessava-se contra nós, em fúria cega, cruzando a sala dum extremo a outro. Pusemo-nos a berrar de pânico, na maior confusão. Algo plantou-se brutalmente sobre a minha mão esquerda, como que esmagando os ossos sob um peso de pata de elefante.

— Luz! Luz! — ouvi alguém gritar.

— Tem fósforos, Moir?

— Não. Deacon deve ter. Pelo amor de Deus, fósforos!

— Não encontro a caixa. Senhor francês, pare com isso!

— Impossível. Está acima do meu poder. Oh, *mon Dieu*, não posso fazer nada!

— A porta? Onde é a porta de saída?

Minha mão, por sorte, alcançou o trinco da porta no escuro — mas nesse momento a besta ofegante projetou-se do meu lado e, passando rente a mim, foi dar de encontro à porta de carvalho; depois afastou-se e, então, dei volta ao trinco, abri — e fugimos todos. Dentro do estúdio continuou o barulho terrível de móveis espedaçados e trancos às tontas.

— Mas que é? Pelo amor de Deus, que é?

— Um cavalo. Pude vê-lo quando a porta se abriu. E Mrs. Delamere?

— Ficou. Temos de tirá-la de lá. Vamos, Markham. Quanto antes, melhor.

Abrimos a porta e entramos. Mrs. Delamere estava no chão, por entre os destroços da sua cadeira. Agarramo-la e puxamo-la para fora, e ao atravessar de novo a porta eu olhei por sobre os ombros. Dois estranhos olhos luminosos nos espiavam e ouvi rumor de cascos raspando o assoalho. Tive apenas tempo de bater a porta. O monstro arremessara-se contra ela e rompera várias tábuas.

— Vem vindo! Vem vindo!

— Fujam! — gritou o francês.

Um novo tranco violentíssimo e algo apareceu pelo buraco feito na porta. Um chifre. Brilhou um instante aos nossos olhos e depois recolheu-se.

— Depressa! Por aqui! — gritava Deacon. — Carreguem-na! Depressa...

Nós estávamos refugiados na sala de jantar e fecháramos a pesada porta de carvalho, depois de acomodar Mrs. Delamere, ainda desacordada, sobre um sofá. Nesse momento Moir, o rude homem de negócios, caiu também desacordado sobre o tapete. Deacon estava lívido qual um cadáver a tremer que nem um epiléptico. Depois do tranco na porta do estúdio o monstro passara para o corredor, onde ouvíamos o resfôlego potente e o pinotear furioso. O francês tapava o rosto com as mãos e chorava como criança.

— Que há a fazer? — interpelei-o, sacudindo-o pelos ombros. — Uma carabina vale alguma coisa?

— Nada. Mas a força esgota-se e tudo acabará por si mesmo.

— Louco! Quase nos deu cabo da vida a todos nós com essa infernal experiência...

— Não esperei por isso — defendeu-se Le Duc. — Como poderia adivinhar que ele se espantaria? Ficou possesso...

Nisto Harvey Deacon de um salto, exclamando:

— Deus do céu!

Um grito horrível soara no corredor.

— É minha mulher! Vou salvá-la...

E Deacon abriu a porta de arranco, lançando-se no corredor. Logo adiante viu Mrs. Deacon caída por terra, desmaiada.

Com olhos arregalados de horror olhávamo-nos uns para os outros, atentos. Já não se ouvia nenhum rumor. Tudo calmo. Aproximei-me do estúdio ainda em trevas, esperando a cada momento ver projetar-se de lá o monstro. Nada aconteceu. O silêncio reinava no interior. Fomos todos espiar, na ponta dos pés, o coração na boca. A luminosidade vaporosa ainda subsistia num dos cantos do estúdio. Mas estava a diluir-se, a perder a intensidade e afinal esmaeceu de todo. O tom de penumbra do aposento tornou-se uniforme. O francês rompeu então em gritos de alegria.

— Que ótimo! Ninguém ferido e apenas uma porta quebrada e um susto. Pois, meus amigos, acabamos de ter uma aventura como jamais houve outra semelhante!...

— E que nunca mais se repetirá, se depender de mim — ajuntou Harvey Deacon.

Foi isto que aconteceu naquele 14 de abril, no número 17 de Badderly Gardens. Comecei dizendo que seria grotesco definir o que havia ocorrido e por isso não o faço. Limito-me a reproduzir as minhas impressões, depois de corroboradas por todos os presentes. O leitor poderá imaginar que tudo isto não passa duma engenhosa mistificação ou que realmente se trata de uma terrível experiência. À vontade. Ou então talvez saiba de algum fato semelhante, e seria favor se nos comunicasse. Neste caso as cartas devem ser dirigidas a William Markham, 146M, The Albany. O cotejo talvez nos ajude a lançar alguma luz sobre o estranho acontecimento.

O TREM PERDIDO

A confissão de Herbert de Lernac, hoje condenado à morte em Marselha, lançou luz sobre um dos mais inexplicáveis crimes do século. Embora haja resistência em debater o assunto nos círculos oficiais, e pouca importância a imprensa lhe tenha dado, tudo indica que o depoimento desse grande criminoso de fato solve o mistério. Os antecedentes do caso são estes:

No dia 3 de junho de 1890 um senhor, que deu o nome de Monsieur Louis Caratal, pediu um encontro com Mr. James Bland, superintendente da London & West Coast Station, em Liverpool. Era um homem de meia-idade, moreno, de baixa estatura e tão arcado que sugeria moléstia da espinha. Apareceu acompanhado de um amigo, latagão de físico imponente, mas cujos modos denunciavam situação de dependência. Seu nome nunca transpirou, mas parecia estrangeiro, e pelo moreno da pele, espanhol ou sul-americano. Uma peculiaridade foi notada a seu respeito — trazer na mão esquerda uma pasta de couro presa ao pulso por uma correia, como o notou uma das testemunhas. Naquela época nenhuma importância foi dada a essa circunstância, que tinha o seu alcance. Monsieur Caratal foi introduzido no escritório de Mr. Bland, enquanto o companheiro ficou à espera fora.

A pretensão de Monsieur Caratal teve rápido despacho. Havia chegado da América Central naquele dia; negócios urgentes chamavam-no a Paris sem perda de instante, e como não pudera apanhar o expresso para Londres, queria um trem especial. O preço não tinha importância. Se a companhia estava em situação de servi-lo, que cobrasse quanto quisesse.

Mr. Bland premiu um botão da secretária e fez vir à sua presença Mr. Potter Hood, chefe do tráfego, que tudo resolveu num minuto. O trem poderia partir dentro de três quartos de hora. Era tempo necessário para desembaraçar a linha. Uma poderosa máquina Rochdale (n.º 247) foi ligada a dois carros, com *fourgon*[1] na frente. O primeiro carro ia apenas para diminuir os inconvenientes da oscilação. O segundo era do tipo comum, dividido em quatro compartimentos, salão e *fumoir*[2] de segunda. No primeiro compartimento iriam os dois viajantes: o resto correria vazio. O chefe do trem seguiria no *fourgon* – um tal James McPherson, com vários anos de serviço na estrada. Já o foguista, William Smith, era novato.

Depois de sair do escritório do superintendente, Monsieur Caratal fez gesto para o companheiro e ambos retiraram-se apressados. Haviam pago o preço pedido, cinquenta libras, e queriam ver o carro; examinaram-no e nele acomodaram-se embora avisados de que o trem só partiria depois de desembaraçada a linha. Nesse entretempo uma singular coincidência era comentada no escritório do superintendente.

Pedidos de trens especiais não são raros nos grandes centros, mas dois requeridos quase simultaneamente, isso é. E foi o que aconteceu. Mal havia Mr. Bland solucionado o primeiro pedido, surgiu outro, dum Mr. Horace Moor, senhor de aparência militar, que alegou súbita doença de sua esposa em Londres. A ansiedade do homem era tão grande que Mr. Bland fez o possível para atendê-lo. Mas não sendo possível meter na linha mais um trem naquela hora, o meio era Mr. Moore arranjar-se com Monsieur Caratal e isso lhe foi sugerido. O expediente, entretanto, falhou. Caratal recusou-se terminantemente a permitir que alguém mais seguisse em seu trem. Todos os argumentos foram inúteis, e a ideia teve de ser abandonada. Mr. Moore deixou a estação em estado de grande abatimento de espírito, depois de verificar que só poderia seguir para Londres

---

1 *Em francês, furgão. Em inglês no original. (N.E.)*
2 *Em francês, quarto para fumantes. Em inglês no original. (N.E.)*

pelo trem das seis horas. Às quatro e meia a linha foi declarada desimpedida e um minuto depois o especial partia.

Os trens de London & West Coast correm sobre as linhas de uma outra companhia até esta última cidade, que devia ser alcançada antes das seis. Mas às 6h15 o chefe do tráfego em Liverpool teve a surpresa de receber um telegrama de Manchester dizendo que o especial ainda não havia chegado. Um despacho mandado imediatamente a St. Helens, que fica no terço do caminho entre as duas cidades, recebeu a seguinte resposta: "Para James Bland, Superintendente, Central L. &W. C. Liverpool. Especial passou por aqui às 4h52. Dowser, St. Helens."

Esse despacho foi recebido às 6h40. Às 6h50 um outro veio de Manchester:

"Nenhum sinal do especial a que se refere."

Dez minutos depois, outro, ainda mais desnorteante:

"Deve haver algum engano quanto ao especial referido. O trem local de St. Helens, que devia segui-lo, chegou e ninguém viu nada. Peço instruções. Manchester."

O caso estava assumindo proporções inéditas, embora o último telegrama aliviasse a inquietação do pessoal de Liverpool. Se houvesse acontecido algum acidente com o especial, o trem que o seguiu não poderia ter feito toda viagem sem perceber coisa nenhuma. Mas onde estava o trem? Entrara em algum desvio para dar passagem ao local? Isso poderia acontecer na hipótese de que algum reparo tivesse que ser efetuado – e telegramas foram passados para todas as estações entre St. Helens e Manchester, ficando o superintendente ao pé do aparelho telegráfico, ansioso pelas respostas – que não tardaram.

"Especial passou por aqui às cinco horas. Collins Green."

"Especial passou às 6h05. Earlestown."

"Especial passou às 5h10. Newton."

"Especial passou às 5h20. Kenyon Junction."

"Nenhum especial passou por aqui. Barton Moss."

— É a primeira vez na minha vida que vejo tal coisa — murmurou Mr. Bland no auge da surpresa.

— Absolutamente inexplicável — ajuntou o subchefe do tráfego. — O especial desapareceu entre Kenyon Junction e Barton Moss, justamente num trecho onde não há desvios. Será que saltou da linha?

— E como sucederia isso, sem que o trem das cinco, que por lá passou, nada percebesse?

— Perfeitamente, Mr. Hood, mas não vejo outra hipótese admissível. Talvez o trem das 6h20 haja observado qualquer coisa. Vou telegrafar para Manchester e Kenyon. Darei instruções para que examinem a linha de lá até Barton Moss.

A resposta de Manchester veio dentro de poucos minutos.

"Nenhuma notícia do especial. Maquinista e chefe do trem das 6h20 também não notaram nenhum sinal de acidente no trecho em causa. A linha está sem aviso de qualquer anormalidade."

— Cegos! — exclamou Mr. Bland, irritado. — Houve um desastre naquele trecho e ninguém viu nada. O especial, está claro, saltou da linha sem deslocar os trilhos, embora eu não possa compreender a possibilidade disto. Mas tem de ser assim, e vai ver que logo chega aviso de Kenyon ou Barton, contando do encontro do especial no fundo de algum aterro.

Esta profecia de Mr. Bland, entretanto, não se realizou. O próximo despacho, recebido meia hora depois, vinha do chefe da estação de Kenyon.

"Não encontramos vestígios do especial. Esse trem passou por aqui, mas não chegou a Barton. Fiz eu mesmo o percurso numa locomotiva de carga e nada pude observar. A linha está perfeita."

Mr. Bland estava no auge da perplexidade.

— Isso é de enlouquecer, Hood! Será que em plena Inglaterra em pleno dia um trem se esvai no ar como névoa? Absurdo. Uma locomotiva, um *tender*,[3] dois carros, um *fourgon* e cinco vidas humanas perdidos no espaço! Se não se esclarecer o mistério dentro de uma hora, vou eu mesmo correr a linha com o inspetor Collins.

Logo depois chegou novo despacho de Kenyon Junction, dizendo: "O cadáver de John Slater, condutor do especial, foi encontrado a duas milhas e um quarto de Junction. Caiu da máquina e rolou pelo aterro abaixo. Ferimentos na cabeça, em consequência da queda, parecem ser a causa da morte. Novo exame da linha não nos trouxe nenhum sinal do trem desaparecido."

Por aquela época a atenção pública estava às voltas com a situação do governo da França, na iminência de cair em virtude dum sensacional

---

3 Em inglês, *tênder*, vagão engatado à locomotiva que transporta o suprimento de água e combustível para abastecer a máquina. (N.E.)

escândalo financeiro. Os jornais só se preocupavam disso, de modo que o mistério do trem desaparecido não teve repercussão. Havia também o grotesco do caso em si, que levava muitos jornais a recusarem-se a tratar do assunto, não o tomando a sério. Só depois que a polícia abriu investigações a propósito da morte do maquinista Slater, é que o caso deixou de ser tido como pura mistificação.

Mr. Bland e o inspetor Collins partiram para Junction naquele mesmo dia a fim de dar início às pesquisas. Nada descobriram. Nem o menor vestígio do especial; nem sequer uma conjectura nova que pudesse explicar o fato. Tenho diante de mim o relatório de Collins.

"No trecho entre as duas estações", diz ele, "a zona é toda mineira, havendo várias minas abandonadas. Cerca duma dúzia delas possuem linhas próprias de bitola estreita, trafegadas com vagonetes, que as ligam ao tronco da estrada de ferro.

Sete tiveram linhas regulares, de tráfego com locomotivas, que levavam a hulha aos centros de distribuição. Linhas todas curtas, de poucas milhas. Destas sete, quatro pertencem a jazidas com os serviços de há muito parados, e são elas as minas de Redgauntlet, de Hero, de Slough of Despond e de Heartsease, esta última tendo sido, dez anos atrás, a mais importante do Lancashire. As linhas destas quatro minas foram eliminadas da nossa investigação por estarem intrafegáveis, e até sem trilhos nos pontos de junção com o tronco da nossa estrada. Restam assim três linhas: a que vai à Carnstock Iron Works, a que vai à Big Ben Colliery e a que vai à Perseverance Colliery.

Destas, a que vai à Big Ben Colliery não tem mais que um quarto de milha e termina num grande monte de hulha. Nada verificamos por ali quanto ao trem especial. A linha de Carnstock está desde o dia 3 de junho bloqueada por uma composição de 16 gôndolas de hematita. É linha simples e nada poderia ter passado por ali. A linha de Perseverance é dupla e de bastante tráfego, porque a produção dessa mina está alta. No dia 3 de junho esteve em pleno tráfego, com centenas de operários trabalhando em seu percurso, que é de duas milhas; inconcebível, pois, que um trem passasse por ali sem ser percebido.

Quanto ao caso de John Slater, nada há a concluir com base em seus ferimentos. Parece ter sido morto em consequência da queda, embora a causa dessa queda e o destino que levou o especial depois disso sejam questões sobre as quais não estou habilitado a dizer coisa nenhuma."

Em vista deste relatório o inspetor foi acoimado de inepto pela imprensa e teve que pedir demissão.

Um mês passou-se, durante o qual a companhia e a polícia prosseguiram no inquérito sem nenhum resultado. Recompensas foram oferecidas e perdão prometido em caso de crime – e nada. O público esperava que de um dia para o outro o absurdo caso se esclarecesse, mas semanas e semanas foram decorrendo sem que a situação se modificasse. À plena luz do dia, numa das zonas mais intensamente povoadas da Inglaterra, um trem desaparecia como se algum químico mágico o houvesse transfeito em gás! Era na realidade grotesco. Gente houve que começou a atribuir o fato a forças sobrenaturais; Caratal e o seu guarda-costas assumiram proporções de duendes.

Entre as hipóteses aventadas algumas atraiam a atenção do público. A que apareceu no *Times,* assinada por um detetive amador de algum renome na época, vale a pena ser recordada.

"É um princípio prático da arte de raciocinar", dizia ele, "que quando todo impossível foi eliminado do caso, é no resíduo que sobrou, *por mais impossível que seja*, que está a verdade. Ora, é certo que o trem partiu da estação Kenyon Junction e é igualmente certo que não chegou a Barton Moss. É também altamente improvável, mas não impossível, que esse trem tomasse alguma das linhas que entroncam da linha centro. É obviamente impossível que o trem corresse fora de qualquer linha, porque os trens só correm sobre trilhos, e por isso podemos reduzir os nossos improváveis às três únicas linhas abertas ao tráfego: a Carnstock, a Big Ben e a Perseverance. Haverá alguma sociedade secreta entre os mineiros, espécie de camorra inglesa, capaz de destruir um trem com os seus passageiros? É improvável, mas não impossível. Confesso que não posso sugerir outra solução e aconselho a companhia a dirigir suas investigações no sentido de observar aquelas três linhas e o pessoal que nela vive. Uma cuidadosa busca nas casas de penhores da zona pode trazer algum esclarecimento."

Essa sugestão, não só por vir de quem vinha, como pelo que possuía de lógico, despertou o considerável interesse – e também muita indignação dos que a consideravam ofensiva a um honesto agrupamento humano. Mas a resposta do detetive amador foi simples: desafiou os contraditores a apresentarem uma hipótese mais aceitável (*Times*, 7 e 9 de julho). Apareceram então mais duas hipóteses. Uma, que o trem descarrilara e jazia no fundo do canal Lancashire, que corre paralelo à linha por algumas centenas de metros — sugestão que não resistiu à analise, porque esse canal não tinha profundidade suficiente para encobrir um trem. A segunda hipótese fazia menção à pasta de couro, única bagagem que levavam aqueles dois passageiros. Não seria algum novo explosivo de incrível violência? O absurdo desta hipótese ressaltava imediatamente. Como fazer explodir um trem sem que a linha fosse afetada?

O caso estava nesse ponto quando um fato novo sobreveio — o recebimento por Mrs. McPherson de uma carta de seu marido, James McPherson, o chefe do trem especial. Com data de 5 de julho foi essa missiva postada em New York e recebida no 14 desse mês. A categórica afirmação da sua autenticidade por parte da destinatária e a inclusão de cem dólares em notas, afastavam a hipótese de mistificação. Dizia ela:

"Minha cara esposa:
Tenho pensado muito e não posso abandonar você, nem Lizzie. Procurei evitar isso, mas não foi possível. Remeto algum dinheiro americano, que valerá umas vinte libras. É para que você e Lizzie possam atravessar o Atlântico. Os navios que vêm de Hamburgo e tocam em Southampton são bons e mais baratos que os que saem de Liverpool. Se puder vir e estacionar na Johnston House, eu procurarei pôr-me em contato com você, mas tudo me é muito difícil neste momento e não me sinto feliz. Nada mais por enquanto. Do seu saudoso marido
James McPherson."

Esta carta fez renascerem as esperanças de solução do mistério, e ainda mais por haver a polícia apurado que um tal Summers, de identidade desconhecida, mas muito parecido com McPherson, viera de Southampton e a 7 de junho tomara passagem no Vistula, da carreira Hamburgo — New York. Mrs. McPherson e sua irmã Lizzie Donton partiram para New York, de acordo com as instruções recebidas, e lá ficaram três semanas na Johnston House, sem, entretanto, sentirem sequer o cheiro do homem desaparecido. É provável que os comentários indiscretos da imprensa o tivessem posto de sobreaviso. O fato é que McPherson não apareceu e sua esposa teve de voltar para Liverpool.

E o caso ficou assim morto até o ano de 1898. Por mais incrível que o pareça, nada transpirou durante esses oito anos que lançasse qualquer luz nova sobre o desaparecimento do trem especial com Caratal e seu guarda-costas. Investigações sobre os antecedentes destes dois homens estabeleceram que Monsieur Caratal era um financista e agente político bastante notório na América Central, e que durante a sua viagem para Europa mostrara extrema ansiedade de chegar a Paris. Seu companheiro, que se registrara a bordo como Eduardo Gomez, era um homem robustíssimo com reputação de corajoso e turbulento. Mostrava-se muito dedicado a Monsieur Caratal que, sem dúvida nenhuma, o empregava como guarda-costas. De Paris não viera informação nenhuma quanto aos negócios que lá pudessem ter os dois.

Tudo quanto se sabia, ou se soube durante oito anos a respeito do misterioso acontecimento, não passava do que atrás ficou exposto. Eis senão quando aparece a confissão de Herbert de Lernarc, depois de sua condenação à morte por assassínio dum negociante de nome Bonvalot. Vou transcrever literalmente o principal dessa confissão.

"Não é por simples vaidade que conto isto, pois tenho no meu ativo uma dúzia de feitos que valem este; faço-o para que certos tipos de Paris compreendam que assim como posso esclarecer o caso do desaparecimento de Caratal, posso igualmente denunciar os mandantes — a não ser que me obtenham a comutação de pena que desejo. Cuidado, senhores! Todos vós conheceis Herbert de Lernarc e sabeis que ele é tão pronto no dizer como no fazer. Apressai-vos, pois, ou estareis perdidos.

Por enquanto deixo de mencionar nomes — e que assombro se eu mencionasse certos nomes! Vou limitar-me à simples narração dos acontecimentos, para mostrar como sei agir. Fui fiel para com meus mandantes naquela época e espero que eles agora me deem todo apoio. Estou convencido de que assim será — mas se me abandonarem, ah! O mundo ficará atônito com as minhas espantosas revelações.

Em 1880 houve lá em Paris aquele famoso julgamento dum dos mais monstruosos escândalos que a história da política e da finança menciona. Mas a verdadeira extensão dessa monstruosidade só é conhecida de certos instrumentos confidenciais, como eu. A honra e a carreira de muitos grandes homens de França estavam em jogo. Imaginem-se nove bonecos de pau muito tesos e perfilados em linha. Súbito, uma bola pesada começa a rolar na direção deles. Se a bola segue seu curso, ai dos bonecos! Reavivariam todos de pernas para o ar. Muito bem. Ponha-se em lugar destes nove bonecos nove dos mais eminentes figurões da França e fique sendo Monsieur Caratal a bola que vinha rolando da América.

A grande questão tornou-se deter essa bola a meio caminho.

Não os acuso de estarem todos conscientes do que ia suceder. Como já disse, grandes interesses políticos e financeiros estavam em jogo, e um sindicato se formou para organizar a defesa. Os interessados subscreveram gordamente, sem indagar dos seus objetivos. Era a defesa e bastava. Esses homens, entretanto, não devem esquecer-se de que eu tenho a lista dos seus nomes! O sindicato recebeu informes sobre a projetada viagem de Monsieur Caratal muito antes que ele partisse da América, e era sabido que esse homem tinha em seu poder documentos capazes de destruir meio mundo. Forçoso agir sem vacilação. O grupo da defesa dispunha de fundos ilimitados — e aqui emprego esta palavra no sentido literal. Trataram, pois, de descobrir o homem para a empresa. O mais resoluto, o mais inventivo, o mais rico em expedientes chamava-se Herbert de Lernac — e eu fui o escolhido.

Minha missão era impedir a todo o transe que Monsieur Caratal alcançasse Paris, e eu tinha liberdade para escolher meus subordinados e despender livremente quanto dinheiro quisesse. Pus-me em campo uma hora depois de fechado o acordo.

Fiz seguir imediatamente para América um agente da minha absoluta confiança, para que acompanhasse Monsieur Caratal na sua projetada viagem. Se esse agente tivesse chegado a tempo, os acontecimentos teriam sido outros. Mas chegou tarde. Monsieur Caratal já havia embarcado. Armei então um brigue para interceptar a viagem do vapor de Caratal, e também nada consegui. Como todos os grandes organizadores eu sempre admitia o fracasso dos meus planos e preparava-me com expedientes laterais para adaptar-me às novas situações. Ninguém se iluda com as dificuldades da empresa que me fora cometida; não se trata de um simples assassínio; era preciso também destruir os documentos que ele trazia e os companheiros de viagem que possivelmente estivessem no segredo dos seus planos. Ora, Caratal e o seus estavam alertas e em guarda, de modo que só uma energia como a minha podia arcar com o problema.

Preparei tudo em Liverpool, que era o porto onde ele iria desembarcar, de modo que o meu homem já partisse para Londres enredado na teia dos meus agentes. O 'trabalho' tinha de ser feito antes da sua chegada a

Londres, e para isso preparei seis planos, cada qual mais bem elaborado. A adoção de um ou de outro dependeria dos seus movimentos. Agisse ele lá como quisesse e me encontraria sempre em seu caminho. Se ficasse em Liverpool, eu estaria com um plano armado nessa cidade. Se tomasse um trem comum para Londres, ou um trem especial, idem – eu estaria preparado para enfrentar a situação. Tudo fora previsto.

Está claro que eu sozinho não poderia realizar tanta coisa a um tempo. Como saber, por exemplo, dos bastidores das redes ferroviárias inglesas? Mas o dinheiro não conhece obstáculos, e breve pus a meu serviço um dos melhores cérebros da Inglaterra – melhores em esperteza. Não lhe menciono o nome, mas faço-lhe justiça atribuindo-lhe o mérito que lhe cabe. Era um homem digno de admiração, esse meu auxiliar inglês. Conhecia a estrada de ferro de Londres a West Coast maravilhosamente bem e dispunha de auxiliares de toda a confiança. O plano adotado foi o dele; e a direção de tudo também coube a ele. A mim ficaram os detalhes. Começamos subornando diversos empregados da estrada, entre eles McPherson, que tinha probabilidade de ser o chefe do trem especial, e também Smith, o foguista. Já o maquinista, John Slater, obstinou-se em não vender-se. Não havia ainda certeza de que Caratal tomasse um trem especial, mas eu admitia a hipótese e preparava-me para ela. Tudo previsto! Chego a rir-me hoje quando me lembro que até o piloto que introduziu o vapor de Caratal no porto de Liverpool era meu agente.

Logo que Caratal desembarcou em Liverpool percebi que desconfiava e que se punha em guarda. Havia trazido como capataz a um tal Eduardo Gomez, homem valente e bem armado. Era o condutor dos documentos confidenciais tão temidos em Paris. Gomez devia estar no conhecimento de tudo, de modo que suprimir Caratal e não suprimir Gomez teria sido erro.

O meu agente de Liverpool – um homem destinado a grande carreira no mundo – ficou a dirigir os acontecimentos nessa cidade, enquanto eu me transportei para Kenyon, à espera de seus despachos cifrados. Logo que o trem especial foi contratado por Caratal, recebi em Kenyon aviso e pus-me alerta. O meu agente, então, sob o nome de Horace Hood, tentou contratar outro especial, mas já certo de que não obteria em vista de dificuldades técnicas da linha, e nesse caso a resultante seria uma acomodação com Caratal, de cujo trem ele compartilharia. Mas Caratal desconfiou e recusou-se terminantemente a ceder lugar em seu trem.

Meu agente fingiu desistir e retirou-se, para em seguida disfarçadamente penetrar no trem especial, onde foi oculto no *fourgon* por McPherson.

O que fazia eu em Kenyon? Tudo já havia sido preparado com antecedência de modo que só me cumpria dar os últimos retoques. A *side line*[4] que havíamos escolhido para desviar o trem era uma há longo tempo desligada do tronco. Os dormentes, entretanto, não tinham sido arrancados e os trilhos estavam em um monte a pequena distância. Foi-me fácil restabelecer a ligação, logo depois de recebida a senha do meu agente. Tudo correu bem, e quando o especial chegou, a locomotiva se meteu pela *side line* sem que os passageiros nada percebessem.

Fazia parte do nosso plano que Smith cloroformizasse Slater, de modo que ele desaparecesse conjuntamente com as duas vítimas já marcadas. Mas o foguista agiu com brutalidade, provocando luta. Consequência: Slater caiu do trem. Por felicidade a queda foi mortal e dele ficamos livres. A única falha do nosso plano foi essa. Em tudo mais realizou-se exatamente como fora concertado.

Estávamos com o trem na *side line* abandonada, a qual ia ter a uma velha mina fora de exploração e que abria no solo um verdadeiro abismo. Vão me perguntar como pode o trem fazer esse percurso de mais de milha, do tronco ao precipício, sem que pessoa nenhuma o visse – e responderei que essa linha fora construída num corte e que só se alguém por acaso estivesse no topo das barrancas é que poderia ter notado qualquer coisa. Por felicidade nossa ninguém se lembrou de subir as barrancas naquele momento. Ninguém exceto uma pessoa: eu.

Meu agente postara quatro homens de confiança no ponto em que o trem deixaria o tronco para penetrar na *side line*, e isso com receio de que o mau estado da linha determinasse um descarrilamento. Admitiu também essa hipótese, aquele admirável espírito! Mas o trem não descarrilou e lá seguiu sem novidades pela *side line*. O resto ficara a meu cargo. Postei-me no término da linha, que era a boca da mina, acompanhado de dois auxiliares.

Em certo momento Smith moderou a marcha do trem ao mínimo e de súbito abriu todas as válvulas; isso permitiu que ele e McPherson pulassem fora antes que a locomotiva ganhasse impulso. Creio que foi essa moderação de marcha que despertou a atenção de Caratal e seu

---

4 Em inglês, linha secundária. (N.E.)

companheiro, mas unicamente depois que a locomotiva de novo ganhou impulso é que os vi meterem a cabeça pelas janelas. Lembro-me da expressão de assombro que tinha no rosto. Natural, o espanto. Esquecidos no doce conforto dum carro de luxo, súbito olham para fora e veem o trem a correr com velocidade crescente numa linha abandonada, que em nada lembrava a linha do tronco. Não mais Manchester como a próxima estação – e sim a morte! A velocidade do trem crescia a cada segundo; o jogo sobre aquela linha em péssimo estado de conservação fazia-se horrível. Pude ver que Caratal rezava – em suas mãos trêmulas havia um rosário. O outro urrava como fera caída em mundéu. Em certo momento arrancou do pulso a pasta de couro e lançou-a na minha direção. Com aquele gesto, era evidente, tentava a salvação. Que ficássemos com os documentos, mas lhes poupássemos a vida – era a única significação aceitável para o seu ato.

Seus urros, porém, cessaram no momento em que o trem fez uma curva e deu de chofre com o abismo da mina a metros de distância. Lembro-me da expressão de terror que lhes vi nos olhos. Haviam compreendido tudo. Suas cabeças nesse instante desapareceram das janelas.

O espetáculo de um trem sem maquinista a precipitar-se num abismo era inédito para mim, de modo que fiquei todo olhos para gozá-lo intensamente. Formulei com os meus dois companheiros hipóteses de como seria a queda, e errei. O trem não se precipitou no abismo e sim contra a parede fronteira; e só depois de esmoído por esse tremendo choque é que, arrastado pela força da gravidade, sumiu-se para o escuro do abismo. O que vi de relance foi uma enorme massa informe de destroços, que com um fragor espantoso rapidamente desapareceu dos meus olhos. Lá no fundo um estrondo surdo indicou-nos que a caldeira explodira. Depois um vapor subiu e se desfez no céu – e o silêncio da morte pairou de novo sobre a velha mina abandonada de Heartsease.

Pronto que foi o nosso trabalho, tínhamos agora de apagar todos os sinais deixados. A nossa fiel turma de cúmplices desfez a ligação da *side line* com o tronco, deixando tudo exatamente como estava. O mesmo trabalho de reposição no estado anterior foi operado na boca da mina, e com tanto capricho que ninguém nunca desconfiou de coisa nenhuma. Em seguida tomei o caminho de Paris. Meu agente partiu para Manchester e McPherson, para Southampton, donde seguiu para a América.

E a pasta de documentos que Gomez me arremessou? Apanhei-a e entreguei-a aos meus empregadores. Esses senhores, entretanto, ignoram que tive o cuidado de examiná-la e de retirar vários papéis que me pareceram muito interessantes. Não pretendo dá-los à publicidade — mas... não será caso disso, se essa gente, para a qual tudo fiz, não me dá a mão num transe difícil da vida? Senhores, deveis saber que Herbert de Lernac é tão perigoso e tão eficiente quando está a vosso favor como quando está contra, e que se o deixardes subir à guilhotina, o certo será irem para a Nova Caledônia. Não por mim, mas por vós é forçoso que atueis com urgência, senhor general..., senhor barão de..., senhor visconde de... (podeis ir mentalmente substituindo os pontos pelos respectivos nomes). Em caso contrário, se me trairdes agora, prometo dar nova edição desta carta com todos os pontos nos is.

PS. — Esqueci-me de um pormenor — de falar sobre o destino do pobre McPherson, tão sentimentalmente louco a ponto de enviar aquela estúpida carta à esposa. Era ele um ponto fraco que subsistia em nosso trabalho e passos foram dados para que Mac não escrevesse à esposa nunca mais. Pena, entretanto, que ele não lhe mandasse um bilhete de última hora dizendo que poderia livremente casar-se de novo..."

O PÉ DE MEU TIO

Meu tio Stephan Maple foi financeiramente o mais bem-sucedido e socialmente o menos respeitável membro da família, de modo que não sei se devo orgulhar-me da sua riqueza ou envergonhar-me da sua conduta. Começou montando um grande armazém em Stepney, que negociava com tudo quanto existe, permitido ou proibido. Meu tio era *ship's chandler*[1] e mais alguma coisa. Tinha lá algum comércio muito lucrativo no qual prosperou continuamente durante vinte anos. Ao cabo desse tempo foi atacado por um freguês, ou uma das suas vítimas, que o maltratou barbaramente, quebrando-lhe três costelas e uma perna. Em consequência ficou com uma perna três polegadas mais curta que a outra. Esse incidente veio modificar-lhe a vida, e depois de concluso o processo criminal, com a condenação do assaltante a 15 anos de cárcere, meu tio retirou-se dos negócios e mudou-se para uma localidade qualquer ao norte da Inglaterra, de onde nunca mais deu notícias de si, nem por ocasião da morte de meu pai, seu único irmão. Foi, pois, com espanto que certa vez recebemos uma carta sua.

Minha mãe leu-me em voz alta a inesperada missiva. "Ellen, se o seu filho está aí e se ficou sacudido e rijo como prometia, mande-o cá

---

1 Em inglês, fornecedor de suprimentos para navios. (N.E.)

pelo primeiro trem. O rapaz verificará que vale muito mais servir-me do que continuar na sua engenharia, e caso eu vá para outro mundo (o que não espero tão cedo, dada a minha boa saúde) não se verá esquecido em meu testamento. Ele que desça na estação de Congleton; daí a Greta House são quatro milhas de carro. Mandarei esperá-lo na estação pelo trem que cá chega às sete. Escrevo pedindo porque tenho razões muito sérias para proceder assim. Se houve desavenças entre nós no passado, esqueçamo-las. E não me decepcione, Ellen, que se arrependerá pelo resto da vida."

Estamos tomando o nosso *breakfast* e a comentar o que poderia significar semelhante carta quando a campainha soou e a criada apareceu com o telegrama. Era também do tio Stephan.

"Não deixe o John descer em Congleton", dizia o despacho. "Um carro o esperará pelo trem das sete da manhã em Stedding Bridge, uma estação antes. E em vez de vir para minha casa, que siga para Garth Farm House, seis milhas da estação. Lá receberá instruções. Só conto com ele."

— Isto é bem verdade — comentou minha mãe. — Que eu saiba o tio não tem um só amigo no mundo, nem nunca mereceu ter. Foi um homem duro nos negócios e, certa vez, negou umas poucas libras a meu marido quando com esse empréstimo o salvaria da ruína. Por que motivo hei de mandar--lhe agora o meu único filho?

Eu, entretanto, tinha inclinação para vida aventurosa e discordei de minha mãe.

— Se consigo a amizade de meu tio, isso me ajudará muito em minha profissão — aleguei, atacando-a pelo lado mais vulnerável.

— Nunca me constou que ele ajudasse a quem quer que seja — advertiu minha mãe com amargor. — E para que todo este mistério e esta complicação de endereços? É que se meteu nalguma e precisa que você o acuda. Assim que pilhar-se servido, dá o pontapé.

Mas depois de algum debate os meus argumentos prevaleceram e ficou assentada a minha ida. À hora de partir, novo telegrama.

"John que traga a espingarda de caça. Há perdizes aqui, Stedding Bridge, não Congleton." E tive eu à última hora de agregar à bagagem a caixa da espingarda, partindo seriamente preocupado com a insistência e mistérios do tio.

Fui pela Northern Railway até a estação Carnfield, onde tomei um ramal. Em toda Inglaterra não existe cenário mais impressionante. Por duas horas corri através de planícies marinhas, alteadas a espaços de outeiros pedregosos. De longe em longe, aglomerados de *cottages*[2] formando vilarejos; mas num certo trato, por milhas e milhas, nenhuma casa se avistava. Apenas carneiros davam alguma vida à paisagem. Tão desolada a zona que senti aperto no coração. Súbito, a estaçãozinha de Stedding Bridge. Desembarquei. Só havia um veículo – um *trap*.[3] Devia ser o meu.

— Este carro é de Mr. Stephan Maple? – perguntei ao cocheiro de cara abrutalhada e sorna, que me olhou com os olhos cheios de dúvida, indagando num dialeto que não tento reproduzir:

— Qual é o seu nome?

— John Maple.

— Tem qualquer coisa que o prove?

Minha mão ia-se erguendo para a resposta que o meu temperamento impulsivo ditava; mas ponderei a tempo que o bruto estaria provavelmente a seguir instruções recebidas de meu tio e contive-me. Limitei-me a apontar para o meu nome gravado na valise.

— Muito bem. É isso mesmo – disse ele depois de bem soletrado o nome. – Suba, máster, que temos de andar um bom pedaço.

A estrada, muito branca, como todas as estradas daquela zona abundante em calcário, corria por entre longos estirões de muros rasos de pedra solta. Lado a lado colinas pintalgadas de carneiros ondulavam o solo e perdiam-se no horizonte enevoado. Num certo trecho vi longe uma nesga de mar. Grave e triste que era a paisagem, trouxe-me logo a impressão de que minha tarefa iria ser mais séria do que eu imaginara em Londres. Aquele súbito apelo de um tio desconhecido e do qual só ouvira dizer mal, a urgência do chamado, a referência à minha força física, a sugestão para trazer uma arma, tudo junto me falava sinistramente à imaginação. Coisas que em Kensington me pareciam impossíveis ali se apresentavam como possibilíssimas. Por fim, oprimido de pensamentos sombrios, voltei-me para o cocheiro com ideia de o interrogar. A expressão do seu rosto, porém, fez-me mudar de intenção.

O bruto não estava olhando para o seu velho cavalo pampa, nem para a estrada; tinha o rosto voltado para certo rumo, com expressão de

---

2 *Em inglês, chalés. (N.E.)*
3 *Em inglês, um tipo de carruagem. (N.E.)*

curiosidade nos olhos e pareceu-me também que de receio. Ergueu o chicote para estimular o cavalo e em seguida deixou-o cair como se fosse um ato inútil. Segui a direção do seu olhar e pude ver o que o excitava assim.

Um homem vinha a correr pelo descampado e, como estivéssemos numa curva, encurtava caminho por um atalho. Alcançando a estrada saltou o muro de pedra e deteve-se à nossa espera com o sol a brilhar no rosto recém-barbeado. Era um sujeito corpulento, mas de má saúde, pois ofegava de mãos na cintura, como se houvesse corrido o dobro da distância. Ao aproximar-me mais notei que tinha brincos nas orelhas.

— Escute, companheiro — gritou ele de cara alegre —, para onde se atira?

— Vamos para Garth Farm — respondeu o cocheiro.

— Desculpem-me interrompê-los — disse o homem aproximando-se —, mas como temos o mesmo destino queria saber se há aí um lugar para mim.

O pedido era absurdo por que o carrinho estava sobrecarregado em excesso com a minha bagagem, e o cocheiro nem se deu ao trabalho de responder. Chicoteou o animal. Olhei para trás. O sujeito voltara a sentar-se à beira do caminho e atufava fumo no cachimbo.

— Um marinheiro, parece-me — murmurei.

— Isso mesmo, máster. Não estamos a mais de duas milhas de Morecambe Bay, lugar de marinheiros.

— Você me parece amedrontado, homem! — observei.

— Acha? — disse ele secamente. E depois de longa pausa: — Talvez...

Nada mais colhi, embora fizesse várias perguntas. Ou era muito estúpido, ou muito hábil. Pude observar, entretanto, que de vez em vez perquiria o descampado com olhos inquietos. Súbito, ao dobrar uma curva, divisei perto o casario baixo duma *farm*.[4]

— Garth Farm, máster — murmurou o cocheiro. — Aquele é o Purcell em pessoa — acrescentou, indicando um homem que surgira à porta atraído pela nossa chegada.

Logo que saltei do carro veio ele ao meu encontro. Tipo queimado de sol, olhos azuis muito claros, cabelos de estopa descorada. Li-lhe no rosto a mesma má vontade que havia observado no cocheiro. Essa malevolência não podia ser dirigida contra um estranho que estavam vendo pela

---

4 *Em inglês, fazenda. (N.E.)*

primeira vez, e fazia-me crer que meu tio não era mais popular ali do que em Stepney.

— O senhor vai ficar aqui até a noitinha; são ordens de Mr. Stephan — disse ele rispidamente. — Podemos servi-lo de chá e bacon. É o que há.

A minha fome era grande, de modo que aceitei a hospitalidade apesar do tom hostil com que me era oferecida. A mulher e duas filhas do *farmer*[5] vieram para sala de jantar durante a refeição; notei a curiosidade com que me observavam, e, ou fosse a novidade de um moço como eu naquele deserto, ou porque minhas palavras lhes conquistassem a boa vontade, senti que as três se mostravam amáveis lá a seu modo. Nisto a tarde caiu; era tempo de pôr-me a caminho para Greta House.

— Então está mesmo resolvido a ir? — murmurou a mulher.

— Decerto. Vim de Londres para esse fim.

— Ninguém aqui o impede de voltar.

— Mas vim para avistar-me com meu tio, Mr. Maple.

— Nesse caso ninguém impede que o senhor se aviste — tornou a mulher, calando-se ao ver que o marido vinha entrando.

A cada momento eu me sentia mais dentro duma atmosfera de mistério e perigo, tão vago ainda que nem por sombras havia conjecturar o que fosse. Quis interrogá-la, mas o ríspido esposo parecia ter adivinhado a simpatia que ela estava sentindo por mim e não nos deixou a sós.

— É tempo de tocar para diante, mister — disse ele por fim, quando a mulher acendeu o lampião da sala.

— O *trap* está pronto?

— Não há necessidade. Irá a pé.

— Como, se não conheço o caminho?

— William o acompanhará.

William era o cocheiro, o qual já estava à porta, com a minha bagagem ao ombro. Tentei agradecer ao *farmer* pela hospedagem, mas fui interrompido, sempre no mesmo tom:

— Não quero agradecimento do Mr. Stephan Maple, nem dos seus amigos. Sou pago para isto, e se não o fosse não o faria. Siga seu caminho, moço, e não diga mais nada — concluiu, girando nos calcanhares e fechando a porta quase no meu nariz.

....

5 Em inglês, fazendeiro. (N.E.)

Estava já bem escuro lá fora, com massas negras de nuvens movendo-se no céu. Ao afastar-me da *farm* vi que se não fosse pelo cocheiro eu estaria irremediavelmente perdido naquele descampado. O guia tomara a dianteira, seguindo os carreirinhos quase imperceptíveis das ovelhas — animais que eu não enxergava, mas que a espaços davam sinais de andarem por ali. A princípio o meu guia caminhou rápido e descuidado; depois foi gradualmente moderando a marcha, como que inquieto e receoso de coisas. Aquele vago e inexplicável pressentimento de perigo, naquela solidão imersa em trevas, era pior que um perigo real, defrontado de cara, e eu ia interpelá-lo sobre esse ponto quando o homem de súbito entreparou e puxou-me com violência para dentro dum cerrado de tojo. O modo de puxar-me fez-me ver que o perigo estava próximo. Ficamos ali agachados, imóveis como pedras, envoltos na mais impenetrável escuridão.

Noite quente, aquela, com um vento de bochorno a nos fustigar as faces. Súbito, esse vento trouxe-me um cheiro familiar — fumo de cachimbo.

Logo a seguir um rosto fracamente iluminado pela brasa surgiu diante de nós. Do seu vulto imerso no escuro apenas víamos a rodela de cara visibilizada por aquele halo de luz. Cara magra, faminta, muito sardenta, com maçãs do rosto salientes e queimadas, olhos azuis, bigode malformado e boné de marinheiro — foi tudo quanto pude ver. Passou, e lá seguiu seu caminho; o som dos seus passos mostrou-nos que se afastava.

— Quem é? — perguntei, erguendo-me.

— Não sei.

Aquele bruto continuava no jogo de fingir ignorar tudo quanto eu desejava saber.

— Então por que se ocultou nessa moita? — interpelei-o rispidamente.

— Porque Mr. Maple me mandou que o fizesse. Disse que eu não devia ser visto por ninguém; caso contrário, não me pagaria.

— Mas você já encontrou aquele marinheiro no caminho.

— Sim, e acho que é um deles.

— Deles quem?

— Um dos que andam por aqui rondando a Greta House. Por isso Mr. Maple quer que os evitemos.

Ora graças que consegui colher alguma coisa. Um grupo de homens estava ameaçando meu tio, e o marinheiro era um deles. O vulto que acabávamos de cruzar seria outro. Lembrei-me de Stepney e do assalto de que o tio fora vítima, e ainda estava a pensar nisso quando uma luz brilhou perto. Era a Greta House. Em poucos segundos a alcançamos. Pouco pude ver da casa devido ao escuro, mas uma lâmpada em certo ponto mostrou-me que era ampla e alta. A porta de entrada tinha duas luzes laterais. Os moradores pareciam estar em alerta, pois nossos passos foram imediatamente pressentidos e antes de alcançarmos a porta já éramos interpelados.

— Quem são vocês? — perguntou uma voz áspera e inquieta. — Respondam depressa.

— Sou eu, Mr. Maple. Vim acompanhando o moço.

Um estalido de ferrolho — e um postigo abriu-se na porta. A luz duma lanterna coou-se pela abertura e veio iluminar-nos o rosto. Depois o postigo fechou-se e a porta abriu-se, aparecendo enquadrado nela o vulto do meu tio.

Era um homem de baixa estatura e atarracado, cabeça grande e nua de cabelos — cabeça de pensador. Já a sua cara chata pareceu-me vulgar. Olhos miúdos e inquietos, tipo pisca-pisca. Minha mãe dissera-me uma vez que as suas pestanas lembravam perninhas de piolho de cobra — e vi que era mesmo. Quanto ao modo de falar ele adquirira o de Stepney, bastante reles.

— Entre, entre — disse ele, espichando-me a mão. — Depressa, que não posso deixar a porta aberta. Sua mãe informou-me que você era um rapagão destorcido e vejo que não exagerou. Tome lá meia coroa, William, e pode voltar. Ponha a bagagem dentro. Olá, Enoch, leve para o quarto essas malas e ponha o jantar na mesa.

Depois de bem aferrolhada a porta, meu tio levou-me para sala de estar. Pude então apreciar uma peculiaridade do seu físico. Por causa da surra levada em Stepney, uma perna ficara mais curta que a outra e ele corrigia a diferença usando um pé de sapato com sola de pau espessíssima, duns quatro dedos, de modo que ao andar produzia um som esquisito, um clic-clac, alternado de som de couro e som de madeira.

A sala com sua enorme lareira e mais mobiliário indicava a moradia típica dos velhos *farmers*. Dum lado vi uma série de caixas amarradas. Os móveis eram singelos e escassos. Na mesa havia carne fria, pão e uma malga de cerveja, que me estavam reservados. Um velho criado, evidentemente londrino, servia-me enquanto meu tio, também sentado à mesa, indagava coisas da minha mãe e de mim próprio.

Finda a refeição, mandou ele que o criado tirasse da caixa minha espingarda. Vi que outras duas, muito enferrujadas, pendiam dum cabide da parede, próximas à janela.

— É dessa janela que tenho medo — disse meu tio na sua voz reverberante que tanto contrastava com a sua figura atarracada. — A porta aguenta tudo, mas a janela me apavora. Hi! Hi! — advertiu com um gritinho. — Não passe pela frente da luz. Projeta sombra na veneziana.

— Tem medo que eu seja visto? — perguntei.

— Medo de tiro, meu rapaz. Venha cá. Sente-se aqui e ouça o que eu tenho a dizer. Creio que você é de confiança.

Sua lisonja era desajeitada, mas mostrava com que ânsia queria conciliar-se comigo. Sentei-me ao seu lado e meu tio tirou do bolso um jornal. Abriu-o. Era um número do *Western Morning News*, de dez dias antes. A notícia que seu dedo de unha preta apontou dizia respeito à soltura de Dartmoor dum sentenciado de nome Elias, que tivera a pena reduzida como prêmio de ato de heroísmo.

— Que é que tem isso? — indaguei.

Meu tio espichou a perna mais curta, dizendo:

— É o tal que me fez isto; agora que está livre, voltará a perseguir-me.

— Mas por que há de voltar a persegui-lo?

— Porque jurou matar-me e não descansará nunca, o bandido, antes de vingar-se de maneira completa. É isso, meu sobrinho. Não tenho segredo para com você. Ele está convencido de que eu lhe fiz mal, e dou de barato que tenha razão. Agora que saiu de Dartmoor, ele e seus amigos já andam na minha pista.

— Quem são os amigos desta criatura?

Meu tio fez uma careta e murmurou num sussurro aterrorizado:

— Marinheiros. Previ isto. Logo que li a notícia previ tudo, e dois dias depois pilhei vários rondando a casa. Foi então que escrevi para Ellen. Estão de tocaia para darem cabo de mim.

— E por que não chama a polícia?

Seus olhos evitaram os meus.

— Inútil. A polícia não pode valer-me.

— E que posso fazer?

— Escute. Minha ideia é mudar-me daqui, e por esse motivo já empacotei muita coisa — disse apontando as caixas. — Tenho amigos em Leeds, onde estarei seguro. Não muitos, note; mas mais do que aqui. Parto amanhã de noite e se você quiser ajudar-me não se arrependerá. Temos ainda ao Enoch, e com boa vontade tudo estará pronto amanhã. Eu, Enoch, você e William poderemos escolher essa bagagem até a estação de Congleton. Encontrou alguma coisa pelo caminho?

— Apenas um marinheiro, que nos deteve para pedir lugar no carro.

— Logo vi! Estão me negaceando. Foi por isso que telegrafei que viesse pela outra estação, passando pelo Purcell. Um verdadeiro bloqueio, meu caro.

— Vi também aqui mais perto outro homem, de cachimbo.

— Como ele era?

— Magro, sardento...

Meu tio interrompeu-me com esgazeamento de pavor.

— É ele! É ele! Já está aqui! Deus se apiede de mim, tão pecador! — E pôs-se a passear pela sala, clic-clac, clic-clac, na maior agitação. Havia algo de terror infantil naquela cara sofredora, e pela primeira vez senti piedade do mísero.

— Ânimo, meu tio. O senhor vai viver num centro civilizado e, além disso, há as leis para meter esses perseguidores dentro da ordem. Irei amanhã ver a polícia e tudo se arranjará.

Mas o velho sacudiu a cabeça, desesperado.

— É horrível, isso. É horrível. Não posso passar um segundo sem pensar neles. Já me quebraram a perna e três costelas. Desta vez matam-me, estou certo. Só há um caminho: abandonar o que ainda não foi empacotado e tomar o primeiro trem, amanhã. Não posso esperar mais nem um minuto. Meu Deus! Que será?

Uma tremenda pancada na porta ressoara, e depois outra, e outra, como se a estivessem malhando com pulso de aço. Meu tio deixou-se ficar largado em sua cadeira. Eu tomei a espingarda e dirigi-me para a porta.

— Quem está aí? — berrei.

Não houve resposta.

Abri o postigo e espiei. Ninguém. Nisto percebi que um papel era metido pelo vão da porta. Agarrei-o e fui lê-lo junto ao lampião. Meia dúzia de palavras apenas: "Vomite-os e salve assim a sua pele."

— Que quer dizer isto? — indaguei, voltando-me para meu tio. — Que é que eles querem?

— Querem o que nunca hão de ter. Por Deus nunca! — respondeu meu tio num ímpeto de revolta. — Enoch!

O velho criado veio correndo.

— Enoch, eu sempre fui seu amigo e agora chega o momento de você pagar-me na mesma moeda. Está disposto a arriscar-se por mim?

Fiquei a fazer melhor ideia de meu tio quando vi a prontidão com que Enoch assentiu. Fosse quem fosse Stephan Maple, aquele homem parecia ter-lhe real dedicação.

— Ponha o casaco e o chapéu, Enoch, e saia pela porta dos fundos. Você conhece o caminho para a *farm* do Purcell. Diga-lhe que preciso do carro o mais cedo possível amanhã e que ele deve vir com o pastor. Precisamos safar-nos daqui ou estaremos fritos. De madrugada, veja lá, Enoch; e dez libras pelo serviço. Vá de jeito que "eles" não o percebam. Nós ficaremos guardando a casa.

Era uma empresa séria, aquele aventurar-se à noite numa zona cercada de perigos, mas o velho criado aceitou a incumbência como a mais comum das tarefas. Envergou um casaco preto, enfiou na cabeça o chapéu e fez menção de sair.

Eu e o tio fomos com ele para os fundos; apagamos a luz que lá havia, corremos os ferrolhos da porta, empurramo-lo para fora e a trancamos novamente. Espiei por um postigo e ainda vi seu vulto por uns instantes. Depois sumiu-se na escuridão.

— Não faltam muitas horas para romper o dia — disse meu tio depois que voltamos à sala —, e você jamais se arrependerá desta noite de trabalho. Se me livro de semelhante enrascada, garanto seu futuro. Fique ao meu lado até que amanheça, que eu ficarei ao seu lado pelo resto da vida. O carro deve chegar lá pelas cinco. Meteremos isto dentro e tocaremos para Congleton. Há um trem muito cedo.

— E eles nos deixarão passar?

— De dia não se atreverão a tomar-nos o passo. Seremos seis, armados com três espingardas. Poderemos romper nosso caminho. Onde podem arranjar espingardas, esses miseráveis marinheiros errantes? Uma pistola é o mais que poderão ter. Se você os mantiver à distância até que o dia sobrevenha, estará tudo salvo. A esta hora o Enoch já vai longe.

— Mas que é que esses marinheiros querem? — insisti. — O senhor disse que procedeu mal para com eles.

Uma expressão de teimosia mostrou-se naquela cara chata.

— Não me faça perguntas, meu sobrinho, e execute o que venho te pedir. Enoch não voltará; ficará para vir com o carro. Escute! Que será?

Um grito distante ecoara nas trevas, e depois outro, como o pio lamentoso da gaivota.

— É Enoch! — disse meu tio agarrando-me o braço. — Eles estão matando Enoch!

O grito repetiu-se mais perto, e logo depois ouvi rumor de passos precipitados, como de alguém em fuga.

— Estão atrás dele! — gritou meu tio correndo para porta. Tomou a lanterna e espiou pelo postigo. No feixe de luz projetado, vimos um homem a correr de cabeça baixa. O casaco mostrou-nos que era Enoch. O descampado imerso em sombras parecia cheio de perseguidores.

— O ferrolho! — gritou meu tio; e corremos o ferrolho para entreabrir a porta e admitir o fugitivo. Ele entrou com um grito de triunfo.

— Avança, rapaziada!

Foi rápido aquilo. A sala encheu-se de marinheiros. Corri para a espingarda — era tarde; quatro braços manietaram-me no chão, tão ágeis que num relance me vi de mãos amarradas e arrastado a um canto, intacto de corpo, mas tonto com a subitaneidade e eficiência do assalto. Ao meu tio nem se lembraram de amarrar. Foi sentado numa cadeira enquanto outros recolhiam as armas. Meu tio, pálido como a morte, formava com aquelas figuras selvagens em torno um quadro absurdo. Eram seis, e evidentemente marinheiros. A um reconheci como o homem de brincos encontrado no caminho. Homens bronzeados pela vida de mar. Entre eles estava o magro e sardento que nos rentara na moita de tojo. Não se parecia com os demais e seu todo revelava a criatura impetuosa, cruel, com um modo de olhar que dava calafrios. Quando se voltou para meu lado fiquei sabendo que a pele se arrepia horrivelmente pela simples ação de certos olhares.

— Quem é você? — indagou com autoridade de chefe de bando. — Fale, senão saberei fazê-lo falar.

— Sou o sobrinho de Mr. Stephan Maple, que veio visitá-lo.

— Sobrinho, hein? Faço votos para que tire bom proveito dessa visita. Depressa, rapazes, que temos que estar a bordo pela manhã. Que fazemos do velho?

— Pendure-o à moda dos *yankees* e dê-lhe cinco dúzias — gritou um dos marinheiros.

— Está ouvindo, miserável ladrão de Londres? Nós faremos essa vida suja espirrar desse corpo indecente se não nos restitui já e já o que nos roubou. Onde está a coisa? Sabemos que você nunca se aliviou nem dum só.

Aquela estranha expressão de teimosia voltou à cara do meu tio.

— Não diz? Não quer dizer? Vamos lá, Jim, aplique os meios.

Um dos marinheiros agarrou meu tio e arrancou-lhe o casaco e a camisa, deixando-o sentado na cadeira qual massa informe a tremer de frio e terror.

— Pendure-o num desses ganchos, Tim — ordenou o chefe.

Havia numa trave vários ganchos de pendurar carne defumada. O marinheiro amarrou meu tio pelo pulso a dois desses ganchos. Em seguida sacou da cintura a correia de couro.

— Dê com a fivela, Jim — disse o capitão. — Esfole-o de fivela.

— Covardes! — berrei sentindo-me já fora de mim. — Espancar assim um velho aleijado e indefeso...

— Não tenha pressa, rapaz. Sua vez chegará — respondeu o capitão olhando-me feroz. — Vamos, Jim, finque-lhe de rijo.

— Deem-lhe ao menos uma chance — interveio um dos marinheiros, e foi logo apoiado por mais dois.

— Se vocês começam assim, nada conseguiremos — advertiu o capitão. — Uma coisa ou outra. Ou arrancamos a couro o que ele nos roubou, ou desistimos para sempre do que nos custou tanto. Não há outra alternativa. Escolham.

— Correia nele! — gritou a maioria com ferocidade, e a correia sibilou no ar manejada por pulso forte. Foi, entretanto, interrompida a meio caminho por um grito da vítima.

— Basta. Não aguento mais. Tirem-me daqui.

— Onde está a coisa, então?

— Contarei se me tirarem daqui.

Os marinheiros safaram-no dos ganchos e vestiram-no de novo; depois o rodearam, ardentes de ansiedade.

— Nada de espertezas — gritou o sardento. — Se procurar iludir-nos, morre aos pedacinhos. Vamos. Onde está a coisa?

— No meu quarto de dormir.

— Onde é isso?

— Em cima.

— Em que ponto?

— Num canto da arca de carvalho, perto da cama.

Os marinheiros já iam lançar-se pela escada acima, mas o capitão os deteve.

— Para! Não devemos deixar esta raposa velha atrás de nós. Desconfio que está querendo firmar a sua âncora. Vejam como mudou de cara. Vamos, rapazes, amarrem-no e levem-no na frente.

Logo depois, um confuso rumor de passos; a malta subiu as escadas com meu tio à frente. Vi-me só. Pensei em fugir para avisar a polícia, de modo que ela pudesse filar aqueles bandidos antes de subirem a bordo. Minhas mãos estavam atadas, mas eu tinha os pés livres. Hesitei por um momento se deixaria meu tio sozinho às voltas com eles. Mas se eu assim procedesse seria mais eficiente para com a sua pessoa — ou quando não, para com a sua propriedade. Decidi-me, e já ia alcançando a porta quando ouvi um urro lá em cima que jamais sairá dos ouvidos — depois um barulho de coisa que rola, de mistura com uma grita selvagem — e, de fato, algo pesado rolou até meus pés. Era meu tio que viera pela escada abaixo, aos trancos. Vi de relance que estava morto, a espinha quebrada.

A malta desceu em tropel, vindo aglomerar-se em redor de mim.

— Não foi por culpa nossa, camarada — disse-me um deles. — O velho atirou-se ele mesmo pela escada abaixo. Não ponha a culpa em nós.

— Tentou escapar das nossas unhas e acabou rolando e quebrando o pescoço — disse outro.

— A melhor coisa que fez na vida — gritou o chefe com ferocidade. — Eu lhe prestaria esse serviço se ele não se adiantasse. Não se iludam, rapazes, isto é assassínio que nos amarra a todos na mesma corda. O meio de liquidar o caso é forca para todos juntos, a não ser que seja forca para cada um isoladamente, como diz o ditado. Só há uma testemunha...

Seus olhos malévolos pousaram-se em mim, e nesse momento vi qualquer coisa a brilhar em sua mão — faca ou revólver. Dois dos seus companheiros interpuseram-se.

— Não pense nisso, capitão — disse um deles. — Se este velho levou a breca, culpa foi sua, não nossa. O pior que contra ele fizemos foi apenas ameaçá-lo de lhe arrancar o couro. Mas com este rapaz nada temos.

— Louco! Nada temos com ele, mas ele vai ter coisas conosco. Ele nos levará à forca se não lhe dermos cabo do canastro já. Estão em jogo a vida dele ou as nossas, não se esqueçam deste ponto.

— Sim, acho que o capitão tem melhor cabeça que todos nós — acrescentou um terceiro. — O prudente é fazer como ele diz.

Mas o meu defensor, que era o tal homem de brincos encontrado na vinda, cobriu-me com seu próprio peito e jurou que ninguém poria a mão em mim. Os demais também se dividiram em dois campos, e a divergência acabaria em luta se num certo momento o chefe não desse um grito de alegria, no que foi acompanhado pelo bando inteiro. Olhei na direção para a qual todos se haviam voltado e eis o que vi.

Meu tio estava deitado de costas, com as pernas espichadas, o pé de pau da perna mais curta repousado em cima dum montinho de coisas faiscantes. O capitão correu a buscar a lanterna. A espessa sola de madeira do sapato ortopédico rachara-se na queda e revelara o que realmente era — o cofre onde meu tio guardava os seus valores. Pedras preciosas do mais alto preço. Vi três de dimensões fora do comum, e ao todo seriam umas quatro dúzias. Os marinheiros lançaram-se ao chão para juntá-las e nesse momento o homem de brincos puxou-me pela manga.

— É a sua oportunidade, companheiro. Safe-se enquanto é tempo.

Não esperei segunda sugestão. Esgueirei-me cauteloso para zona mais escura e depois ganhei a porta. E fugi como quem defende a vida — aos trancos, tropeçando nas desigualdades do terreno e com o meu equilíbrio prejudicado pela corda que me atava os pulsos. Corri, corri, corri até o extremo da exaustão. Numa parada para tomar fôlego, voltei o rosto e vi ao longe vultos batidos pela luz da lanterna, que me procuravam pelos arredores da granja.

Tão bem amarrado estava eu que levei longo tempo para cortar a corda a dente. Minha ideia era dirigir-me para a *farm* do Purcell. Mas qual a direção? De todos os lados o mesmo escuro impenetrável, e isso me fez vaguear sem norte, absolutamente às tontas. Por fim uma luzinha a leste deu-me a esperança de estar com a *farm* à vista. Um homem ia seguindo na direção dela. Para ele me dirigi com o resto de força que me sobrava — e com grande surpresa e alegria de nós ambos, vi que era Enoch, o velho criado de meu tio.

Contou-me que fora espancado e deixado por terra como morto, e que os assaltantes lhe levaram o casaco. Depois que voltou a si, pôs-se a caminhar no escuro, às tontas, como eu, até que por acaso, como eu, avistou a luzinha. Ao saber da morte do meu tio, rompeu em lágrimas e soluços de desespero.

— É a gente do Black Mogul — murmurou Enoch. — Eu tinha medo disso... Sempre tive medo que esse fosse o fim de Mr. Maple.

— Que gente é essa? — perguntei.

Enoch vacilou e engasgou.

— Hum! Eu... Mas a verdade é que o senhor é seu sobrinho e tudo já lá se foi. Sim, sim, tudo já lá se foi. Posso contar tudo e melhor do que ninguém, mas só se o senhor exigir que eu conte, na qualidade de sobrinho, o senhor sabe. Foi assim, meu senhor. Seu tio teve um negócio em Stepney, e outro negócio dentro desse. Ele vendia e comprava sem nunca indagar donde a mercadoria vinha, compreende? Não era lá um negócio muito... não sei como diga. Se um freguês lhe trazia uma pedra preciosa ou uma colher de prata, não lhe importava saber donde procedia. Fora disso, sempre foi muito bom para nós em Stepney.

"Um belo dia um navio vindo da África do Sul naufragou no caminho. Pelo menos assim foi dito e a companhia de seguros pagou o sinistro. Nesse barco havia sido despachado um sortimento de diamantes de grande valor. Logo depois entrou no porto de Londres o brigue Black Mogul, com os papéis muito em ordem, como tendo vindo de Port Elisabeth com carregamento de couros. O capitão, de nome Elias, veio ver meu patrão e que é que o senhor pensa que ele tinha para vender? Um raio me mate nesse momento se não era um pacote de diamantes, justamente como o que fora embarcado no outro navio. Como entrou na posse daquilo? Não sei. O capitão estava ansioso por botar os diamantes em lugar seguro e entregou-os ao patrão, assim como quem deposita dinheiro num banco. Mas o patrão com o tempo foi gostando das pedras e não se mostrava muito satisfeito com as explicações do *skipper*[6] sobre a origem delas e assim foi que quando este voltou para reclamá-las o patrão respondeu que estavam muito bem onde estavam. Isto foi o que eu ouvi Mr. Maple dizer ao capitão Elias, lá no escritório, em Stepney. Veio daí o ataque, e a perna e as três costelas quebradas.

O ofensor foi condenado pela justiça, e o patrão ao saber da sentença respirou, pois estaria livre dele por 15 anos. E para melhor segurança mudou-se para aqui. Apenas cinco anos depois, entretanto, o capitão deixou o cárcere e pôs-se atrás dele com quantos companheiros do Black Mogul pôde reunir. O erro do patrão foi vir esconder-se aqui neste deserto.

....

6 *Em inglês, comandante. (N.E.)*

O resto o senhor sabe. Pode ter sido um homem duro com os outros; para mim foi o melhor dos patrões e não tenho esperança de encontrar outro que o valha."

Assim fechou o velho Enoch a história do que sabia. Para concluir devo acrescentar que na manhã daquele dia um *cutter*[7] foi visto a bordejar no mar da Irlanda, com todas as probabilidades de ter a bordo o capitão Elias e seus companheiros. E nada mais se soube deles. O inquérito aberto revelou que meu tio sempre vivera uma vida sórdida e pouco deixara aos herdeiros. O grande prazer de sua vida consistiu na posse do tesouro — e ainda o trazê-lo consigo daquela estranhíssima e fantástica maneira. Nunca se separou de uma só gema. Isso fez que a sua memória não fosse tratada com indulgência pelos herdeiros, desmoralizados durante a sua vida pela sua notória sordidez e prejudicados depois de sua morte pela trágica desaparição do tesouro.

---

7 Em inglês, embarcação pequena e veloz de um só mastro e velas latinas. (N.E.)

O PROFESSOR DE LEA HOUSE SCHOOL

Mr. Lumsden, um dos sócios da Lumsden & Westmacott, conhecida agência de empregos, era um homenzinho franzino de maneiras incisivas, olhar crítico e fala enérgica.

— Seu nome? — perguntou-me de caneta na mão, abrindo um grande livro encadernado em lona vermelha.

— Harold Weld.
— Oxford ou Cambridge?
— Cambridge.
— Títulos honoríficos?
— Nenhum.
— Atleta?
— Nada digno de menção nesse particular.
— Nem Blue,[1] sequer?
— Não.

Mr. Lumsden fez um movimento de cabeça e ombros que reduziu minhas esperanças a zero. Depois disse:

---

1 Referência a "Cambridge Blue", a cor comumente usada por equipes esportivas da Universidade de Cambridge. (N.E.)

— Há muita oferta de professores, Mr. Weld. Estamos em férias e os candidatos se sucedem. Um atleta de primeira classe, no remo ou no *cricket,* ou um homem com excepcionais notas no curso usualmente recebe colocação; e sempre, tratando-se de *cricket*. Mas um homem médio, desculpe-me, Mr. Weld, encontra muitas dificuldades. Temos aqui mais de cem nomes em nossa lista e, se o senhor acha que vale a pena acrescentar o seu, adiantarei que só depois de vários anos poderá eventualmente chegar a sua oportunidade.

Mr. Lumsden foi interrompido pela entrada de um auxiliar com uma carta. Rasgou o envelope e leu-a.

— Uma interessante coincidência, Mr. Weld — disse ao chegar ao fim. — O senhor me disse que o latim e o inglês são as suas especialidades e que aceitaria um lugar num estabelecimento elementar onde lhe sobrasse tempo para outros estudos, não foi?

— Exatamente.

— Esta carta é dum nosso cliente, dr. McCarthy, de Willow Lea House Academy, de West Hampstead, o qual pede a imediata remessa dum professor de latim e inglês para meninos abaixo de 14 anos. O caso parece ser o seu. Os salários não são generosos... sessenta libras, casa, comida e roupa lavada... mas as horas de serviço permitem sobra de tempo para os estudos.

— Serve-me muito — respondi com a ânsia de quem já perdeu meses em procura de colocação.

— Parece-me que não estou sendo leal para com todos estes nomes que tenho nas minhas listas — declarou Mr. Lumsden pousando os olhos no livro de encadernação vermelha —, mas a coincidência no seu caso está tão acentuada que não me animo a interferir para contrariá-la.

— Pois fico-lhe imensamente agradecido, Mr. Lumsden.

— Há uma condição na carta do dr. McCarthy. Quer um homem de absoluta calma, dos imperturbáveis.

— Sou esse homem — respondi convictamente.

— Muito bem — murmurou Mr. Lumsden com alguma hesitação. — Faço votos para que assim seja, porque vai realmente necessitar dessas qualidades.

— Todos os professores elementares precisam ser imperturbáveis.

— Sim, eu sei. Mas neste caso devo dizer-lhe que as circunstâncias são um tanto especiais. O dr. McCarthy não faz essa recomendação sem motivo sério.

Havia uma certa solenidade no seu falar e isso esfriou um bocado o entusiasmo com que recebi a colocação caída do céu.

— Poderei saber que circunstâncias são essas? — perguntei.

— Nós costumamos aqui manter uma linha de absoluta imparcialidade entre os dois campos: o que procura emprego e o que oferece emprego. Se eu tivesse alguma objeção contra o senhor certo que a comunicaria ao dr. McCarthy e, portanto, estou livre de fazer o reverso. Direi, então, que no espaço de vinte meses já mandamos para lá sete professores de latim, dos quais quatro abandonaram a posição antes de um mês e o resto depois de oito semanas.

— E os outros professores? Os que permanecem?

— Só há um que reside lá mesmo e nunca se afasta. O senhor compreende, Mr. Weld — continuou o agente fechando os livros e erguendo-se —, que mudanças, assim repetidas, não podem seduzir a nenhum professor que queira estabilidade. Não tenho a menor ideia dos motivos que levaram esses sete a deixar a posição. Apenas indico o fato, e o senhor tirará lá as conclusões que puder.

A força do homem que nada tem a perder é muita, e foi com grande calma, perturbada apenas pela curiosidade, que naquele mesmo dia me apresentei na Willow Lea House Academy. O prédio enorme era maciço e feio, situado no centro dum parque com ampla entrada para carruagens. Erguia-se alto, em posição dominante aos tetos da parte norte de Londres e, de outro lado, às florestas que margeiam a imensa metrópole. A porta me foi aberta por um *bell-boy*[2] fardado, que me introduziu em um amplo escritório. O diretor do estabelecimento não tardou.

As insinuações do agente prepararam-me para enfrentar um homem irascível, desses que tornam infernal a vida dos que o rodeiam. O que vi não correspondeu ao imaginado. Era uma criatura franzina, de ombros caídos, incomodamente amável. Já bastante grisalho, a indicar aí as proximidades dos sessenta anos. Voz macia e andar que pede desculpas. No conjunto, o tipo do professor sedentário que só quer saber de interior e livros.

— Estou seguro que muito me satisfarei com a sua assistência, Mr. Weld — disse-me ele depois de assentarmos vários pontos. — Mr. Percival

---

2 Em inglês, mensageiro de hotel. No original, o autor utilizou a expressão "boy in buttons". (N.E.)

Manners deixou a escola ontem e fico muito contente de poder substituí-lo já amanhã.

— Permita-me que pergunte se se trata de Mr. Percival Manners, de Selwyn?

— Exatamente. Conhece-o?

— Sim. É um velho amigo.

— Excelente professor, mas um tanto impetuoso. É o seu único defeito, e isto me chama a atenção sobre um ponto. Consegue o senhor, Mr. Weld, controlar o seu temperamento? Suponhamos, apenas para argumentar, que eu me exalte e o ofenda em seus sentimentos. Isso o faria perder o controle das suas emoções?

Não pude deixar de sorrir à ideia de tão frágil criatura a irritar meus nervos.

— Creio que posso responder afirmativamente. Saberia dominar meus sentimentos.

— Disputas são-me incidentes desagradáveis — disse ele. — Meu desejo é que se viva aqui na maior harmonia. Não nego que Mr. Percival foi provocado; mas desejo encontrar um homem que saiba ficar acima de provocações, por amor à ordem e à harmonia.

— Farei o possível, senhor.

— Nada mais há a dizer, Mr. Weld. Espero agora que apareça à noite se pode estar pronto a esse tempo.

Não só me aprontei antes da noite como tive ensejo de fazer uma visita ao Benedict Club, em Piccadilly, que eu sabia ser frequentado por Manners. Encontrei-o no *smoking-room*,[3] e enquanto fumávamos um cigarro trocamos confidências.

— Não me diga que vai trabalhar com dr. Phelps McCarthy! — Foi como esse amigo principiou, ao dar-lhe a notícia do meu engajamento. — Tolice. Não conseguirá de modo nenhum permanecer naquela casa.

— Mas a impressão que tive de McCarthy foi a de um homem sumamente cortês e inofensivo.

— Oh, mas não é com ele. O doutor é perfeito. Conhece o professor St. James?

— Nunca ouvi esse nome. Quem é?

---

3 *Em inglês, quarto para fumantes.* (N.E.)

— Seu colega. O outro professor. Esse é que é a peste. Se você conseguir suportá-lo, então é que possui uma mentalidade de mártir cristão ou não possui mentalidade nenhuma. A maior violência que jamais viu a luz do sol.

— Por que, então, McCarthy o suporta?

Meu amigo olhou-me de certo modo e sacudiu os ombros.

— Saberá por si mesmo, meu caro. Foi o que me aconteceu.

— Seria ótimo se você me desse alguns esclarecimentos. Isso me permitiria preparar a defesa.

— Quando vemos um homem dono da sua casa deixar que o seu negócio seja arruinado, que o seu sossego seja destruído e que sua autoridade seja desafiada por um subordinado ao qual se submete sem um protesto, a que conclusão podemos chegar?

— Que esse subordinado domina o outro.

Percival Manners assentiu com um gesto de cabeça.

— Aí está. Você tocou no ponto. Creio que nenhuma outra explicação corresponde aos fatos. Nalgum momento da sua vida o dr. McCarthy errou. *Errare humanum est.* Eu já errei muitas vezes. Mas McCarthy errou gravemente e o outro tirou partido disso para empolgá-lo para sempre. Eis a verdade. Exploração sórdida é o que existe no fundo do caso. Mas a mim não podia ele fazer o mesmo, e o choque tornou-se inevitável. Não suportei a sua insolência, e o mesmo sucederá com você.

Conversamos ainda algum tempo sobre o assunto, concluindo Manners que inevitavelmente ia acontecer-me o que acontecera a ele.

Fácil de imaginar quais eram meus sentimentos quando defrontei o homem. O dr. McCarthy apresentou-mo no escritório, no mesmo dia da minha entrada para a escola.

— É este o seu novo colega, Mr. St. James — disse o velho no seu tom cortês de sempre. — Espero que se entendam e nunca encontrem o menor motivo de divergência.

Respondi com as amabilidades do costume, mas já mal-agourado com a primeira impressão recebida do confrade. Era um jovem de pescoço taurino, aí de seus trinta anos, cabelos e olhos escuros, extraordinariamente forte. Poucas vezes vi melhor massa de músculos, embora com tendência para a gordura por falta de exercício. Rosto brutal, com olhos pequenos, afundados. Orelhas destacadas, pernas levemente arqueadas, traços grosseiros, tudo ali contribuía para fazer dele uma personalidade formidável, mas repulsiva.

— Soube que o senhor nunca esteve neste trabalho antes — disse-me rudemente o colega. — Vida miserável. Trabalho duro e paga sórdida. Vai convencer-se disso por si próprio.

— Mas há compensações — interveio o diretor. — Mr. St. James tem que concordar comigo neste ponto.

— Compensações? Que é que o senhor chama compensações?

— O simples contato com a juventude é uma compensação de alta ordem moral. Já os filósofos antigos haviam observado que a mocidade transmite os seus fluidos vitais, a sua alegria da vida.

— Simples brutos — gritou o colega.

— Vamos, vamos, Mr. St. James, não seja tão áspero com eles.

— Detesto-os, sabe? Se pudesse amontoá-los todos numa fogueira, com toda esta tralha escolar em cima, faria isso sem um instante de vacilação.

— Esse é o modo de Mr. James falar — explicou o diretor sorrindo nervosamente, na tentativa de desculpá-lo. — Não o tome ao pé da letra. Agora, Mr. Weld, pode ir ver o seu cômodo e cuidar dos arranjos. Quero que se sinta bem em casa.

Pareceu-me que ele estava mais era ansioso por arrancar-me da presença do meu extraordinário colega — e ansioso por isso também me senti. A conversa ia-se tornando-se embaraçante.

Foi assim que iniciei uma fase de vida que me parece a mais singular de quantas o destino me pôs no caminho. O colégio era excelente, e o dr. McCarthy, um diretor ideal. Seus métodos, dos mais modernos e racionais. A gerência, perfeita. Naquela ordem, porém, e boa disposição de tudo, o horrível St. James era uma eterna fonte de perturbação e confusão. Incumbia-lhe ensinar inglês e matemática — e como se desempenhava disso não sei, porque nunca lhe assisti às aulas. Só sei que os alunos o temiam e o detestavam. E, com razão, a avaliar pelo rumor de inferno que da minha sala eu ouvia na dele. O dr. MacCarthy passava a maior parte do tempo lá, menos para atender aos alunos do que para moderar a fúria do professor energúmeno.

Era, entretanto, no tratar com o velho diretor que St. James requintava de brutalidade, como verifiquei no dia da minha chegada. Ele o dominava da maneira mais brutal. Contradizia-o em frente da escola inteira e em momento nenhum lhe dava a menor mostra de gentileza, ou simples aquiescência. Tudo o velho diretor suportava com infinitos de paciência. Isso me fazia pensar constantemente na teoria de Manners, e no segredo terrível que ligava aqueles dois homens. O sereno velhinho seria talvez um monstruoso hipócrita, um criminoso, um falsário, um envenenador. Só o conhecimento da verdade a seu respeito poderia explicar a brutalidade de St. James.

Fosse lá como fosse, o dr. McCarthy levava uma vida de completa duplicidade, pois jamais, nem por uma palavra incontida ou gesto vago, demonstrou que a presença daquele homem ali lhe era desagradável. Limitava-se a mostrar tristeza nos olhos depois dum daqueles temporais de brutalidade, mas pareceu-me que a tristeza lhe vinha por nós e não por ele. Tratava o demônio com sorridente indulgência, o que fazia o sangue ferver-me nas veias. Em seu modo de olhar para St. James não havia o menor ressentimento; apenas timidez que implora um bocadinho de boa vontade. Procurava-o sempre e passavam muitas horas juntos, no escritório e no parque.

Formei meu programa quanto às minhas relações com St. James. Se o dr. McCarthy era tratado daquela maneira e tudo suportava com tamanha resignação, isso nada tinha que ver comigo. E como o que ele queria era que eu contribuísse para a paz da casa, tomei a deliberação de evitar qualquer contato com o homem diabólico. Quando o acaso nos punha um ao pé do outro, eu conservava-me calado, apagado, estritamente polido. Por seu lado St. James não demonstrou para comigo nenhuma má vontade; ao contrário, tratava-me com rude familiaridade, fazendo mesmo várias tentativas para que eu fosse ao seu quarto jogar e beber.

— O velho McCarthy não se importa — dizia-me. — Não tenha medo nenhum. Faço aqui o que entendo, sem dar satisfações a ninguém, e responsabilizo-me por você.

Um dia, por curiosidade, aceitei o convite e fui; quando de lá saí, pela madrugada, St. James jazia completamente bêbado, caído debaixo do sofá. Depois disso achei sempre uma boa desculpa para recusar os seus convites.

Um pouco de interesse me era saber desde quando a situação perdurava. Em que época St. James empolgara McCarthy? Por nenhum deles podia ser informado; nas raras tentativas que fiz, com perguntas indiretas, demonstraram-me ambos que eram por igual discretos na matéria. Uma noite, porém, tive a oportunidade de conversar com Mrs. Carter, a *matron*[4] do colégio — o diretor era viúvo —, e consegui colher um pouco de informação. E sem dificuldades. Mrs. Carter estava no apogeu da indignação contra o meu colega e ansiosa por um desabafo.

---

4 *Em inglês, matrona, mulher que governa um grupo de pessoas. (N.E.)*

— Faz três anos, Mr. Weld, que ele entrou nesta casa. Três anos amargos para mim. O colégio tinha cinquenta alunos então. Hoje está com 22. Foi o que ele conseguiu nestes três anos. Mais três, e não teremos um sequer. E o doutor, aquele anjo de paciência, o senhor sabe como o trata, e como é tratado pelo bruto que nem merece amarrar-lhe os sapatos. Se não fosse pelo doutor, está claro que eu não ficaria aqui nem mais um minuto e isso já lhe disse, ao bruto, na cara. Se o doutor... Mas vejo que estou falando muito — disse Mrs. Carter, interrompendo-se ao lembrar-se que eu era um novato, e mal conhecido ainda naquele mundinho.

Havia duas peculiaridades na vida do meu colega — uma, o fato de nunca fazer exercícios. Não saía de casa senão para breves passeios pelo jardim. Quem acompanhava os rapazes aos campos de jogos era sempre eu ou o dr. McCarthy. St. James justificava-se dizendo que machucara um joelho tempos atrás e que lhe era penoso andar. Eu expliquei o fato de outra maneira — preguiça pura, a preguiça que o ia conduzindo à obesidade. Uma vez, entretanto, pude vê-lo afastar-se do colégio furtivamente à noite e outra vez o pilhei a voltar de madrugada, entrando pela janela. Essas misteriosas excursões demonstraram-me a mentira da história do joelho.

A segunda peculiaridade era que recebia raramente cartas, e as poucas vindas, comerciais — contas. Sou grande madrugador e ao entrar no escritório para pegar a minha correspondência tinha oportunidade de ver os envelopes endereçados aos outros. Pude desse modo chegar às conclusões que menciono. Que espécie de homem era aquele, que em trinta anos de vida não fizera um amigo com o qual se mantivesse em contato por meio de cartas? Apesar disso tudo o velho diretor não só o tolerava como era seu íntimo. Muitas e muitas vezes os vi em conversa confidencial no escritório, ou no parque, de braços dados. A curiosidade de descobrir o segredo daquela estranha amizade subiu a ponto de tornar-se em mim verdadeira obsessão. Dentro ou fora de casa, no serviço ou na folga, minha preocupação exclusiva era observá-los.

Infelizmente essa minha curiosidade traiu-me. Eu não possuía a arte de ocultar os meus sentimentos ou as minhas suspeitas, de modo que eles me perceberam o jogo facilmente. Certa noite notei que St. James me olhava de um modo estranho, ameaçador. Tive um pressentimento de crise iminente e não me surpreendi de ser chamado ao escritório.

— Lamento muitíssimo, Mr. Weld, mas creio que tenho de dispensar os seus serviços — disse-me o diretor.

— Mas creio que vai justificar esse procedimento, dr. McCarthy, visto como sinto a consciência tranquila a respeito do cumprimento dos meus deveres.

— Realmente, nada posso imputar contra si — responde-me o velho corando.

— Quer dizer me dispensa por sugestão do seu colega...

Seus olhos desviaram-se dos meus.

— Não podemos discutir esse ponto, Mr. Weld. É-me impossível discuti-lo. Fazendo justiça aos seus méritos, vou dar-lhe as melhores cartas de referências. Nada mais posso dizer e espero que continue no serviço até que ache nova colocação.

Minha alma sentiu-se tomada de revolta contra aquela horrível injustiça. Pude apenas fazer uma saudação da cabeça e retirar-me, de coração apertado. Meu primeiro ímpeto foi arrumar as malas e partir incontinenti. Depois reconsiderei. Raciocinei que St. James queria o meu afastamento e isso era uma razão a mais para aproveitar-me da permissão do diretor e ficar ali até a obtenção de novo emprego. Se minha presença era incômoda, eu teria muito gosto em brindá-lo com um prolongamento de estada. Eu já o odiava e ansiava por vingança. Se ele havia empolgado o diretor, por que não o empolgaria eu? Aquele seu medo da minha curiosidade não passava de fraqueza. Ele me temia, era evidente — e só teme quem deve. Mandei meu nome para a agência e continuei ali, como se nada houvesse acontecido.

Uma semana depois desses acontecimentos saí do colégio à noite, como era meu costume — uma fria noite de março. Logo que transpus o portão do parque qualquer coisa de anormal chamou-me a atenção. Vi que um vulto espiava por uma janela entreaberta. Vi-o de relance, porque logo depois o vulto se sumiu por entre as moitas do parque. Ouvi o som de seus passos no pedregulho — passos que se foram perdendo à distância.

Meu dever era voltar e avisar o diretor do que havia observado. Assim fiz. Encontrei-o no escritório. Eu esperava vê-lo muito naturalmente admirar-se do que ia ouvir, mas nunca supus que levasse tamanho choque. O pobre velho deixou-se cair no espaldar da cadeira, como quem recebe golpe no crânio.

— Em que janela, Mr. Weld? — indagou, passando a mão pela testa.

— Na do quarto de Mr. St. James.

— Meu Deus! Isso é terrível. Um homem espiando pela janela de St. James! — E estorcia as mãos como quem está no apogeu do desnorteamento.

— Poderei ir avisar a policia, senhor. Quer que faça isso?

— Não, não — gritou ele, apavorado. — Não vale a pena. Há de ser algum vagabundo de estrada. Não dou nenhuma importância ao incidente, nenhuma. Não se incomode, Mr. Weld. Se quer sair, não se constranja.

Deixei-o no escritório, ainda a murmurar aquelas palavras tão em desacordo com a sua extrema agitação. Era de horror a luz dos seus olhos. Meu coração apertou-se. Senti uma piedade imensa daquele desgraçado. Saí. Ao chegar ao portão olhei para trás e vi o vulto do dr. McCarthy passar entre o escuro e a lâmpada. Ia com certeza ao quarto de St. James contar o que ouvira de mim. Que significaria todo aquele mistério? E aquele terror? Que segredo ligava aqueles dois homens? As hipóteses acudiam-me em bando, todas sem fundamento. Os fatos ainda não me permitiam concluir.

Voltei tarde essa noite, lá pelas onze horas, e vi o casarão com todas as luzes apagadas, exceto no escritório do diretor. Formava uma imensa mole de sombra sinistra e quieta, com aquele único ponto vivo, como um olho. Tirei minha chave do trinco e entrei — e quando ia abrindo a porta do meu quarto ouvi um grito de dor. Entreparei, à escuta.

Tudo em silêncio no casarão adormecido, exceto no escritório do doutor. Rumor abafado de vozes, lá. Fui ver o que era. Reconheci as vozes — uma áspera, brutal, outra macia, implorativa. Uma que insistia, impunha, exigia; outra que implorava com meiguice. Aproximei-me. O debate continuava e a voz de St. James crescia de tom. Pude ouvir a conversa.

— Quero tudo. Se não me entrega tudo espontaneamente, eu tomarei à força. Está ouvindo?

A resposta do doutor foi inaudível e St. James irrompeu de novo.

— Deixá-lo na miséria? Oh, fica-lhe ainda esta mina de ouro que é a escola e não acha bastante para um velho já no fim da vida? Como poderia eu seguir para Austrália sem dinheiro? Responda.

De novo o doutor disse qualquer coisa que não ouvi, e a resposta foi ainda mais violenta.

— O que fez por mim! Que é que fez por mim, senão o que não podia deixar de fazer? O senhor cuidou de si, defendeu a sua segurança, o seu nome, isso sim. Mas estou farto. Vou-me amanhã. Quer ou não quer abrir o cofre-forte?

— Oh, James, como pode você tratar-me dessa maneira? — gritou uma voz dilacerada; e então ouvi um novo grito de dor.

Esse grito da criatura fraca que reage contra a brutalidade do forte mexeu com o meu sangue. Tudo em mim crispou-se na revolta. Impossível manter neutralidade. Entrei no escritório — e nesse momento ouvi soar violentamente a campainha do hall.

— Vilão! — gritei, avançando de bengala em punho. — Largue-o!

Os dois homens estavam diante do cofre-forte, que ficava atrás da mesa do diretor. St. James segurava o velho pelo pulso e torcia-lhe o braço para forçá-lo a entregar a chave. O pobre homem, entretanto, resistia heroicamente à brutalidade do atleta, que, ao ver-se interrompido, me olhou com olhos onde por igual se misturava a cólera e o medo. Depois, percebendo que eu estava só, lançou-se contra mim com uma horrível blasfêmia.

— Espião miserável! Espere, que vai ter o castigo que merece.

Não sou um homem forte, e recebi-o a golpes de bengala; mas era ele um touro, e entre urros agarrou-me pelo gasnete com ambas as mãos. Caí de costas, com o assaltante por cima a espirrar-me a vida do corpo com a pressão monstruosa de suas manoplas de ferro. Seus olhos congestionados estavam a pouca distância dos meus. Sentia-me perdido. Meus sentidos conturbavam-se. Com uns restos de consciência pude perceber que a campainha do hall continuava a tocar com fúria. Perdi os sentidos.

Quando voltei a mim achei-me deitado no sofá do escritório, com o doutor ao meu lado. Pareceu-me intensamente ansioso e foi com um grito de alívio que recebeu meus primeiros movimentos de pálpebras.

— Deus seja louvado! — Foi o que lhe ouvi.

— Onde está ele? — perguntei, correndo o olhar ainda tonto pelo escritório. E percebi então que a mobília estava em pedaços, como se alguma tremenda luta houvesse ocorrido.

O doutor escondeu o rosto nas mãos.

— Prenderam-no — murmurou num gemido. — Depois destes anos de asilo, agarraram-no de novo; e agradeço a Deus que não haja pela segunda vez manchado as mãos em sangue.

Enquanto o doutor falava pude ver um policial de pé na porta, que advertiu sorrindo:

— O senhor escapou de boa. Se não tivéssemos entrado no momento próprio não escapava nem um pedacinho da sua alma. Nunca vi um homem tão perto do coveiro.

Sentei-me no sofá, com as mãos na cabeça dolorida.

— Dr. McCarthy — murmurei. — Tudo isso me é um grande mistério. Explique-me que homem era aquele e por que o tolerava daquele modo.

— Devo-lhe uma explicação, Mr. Weld, e mormente agora que agiu com tamanho heroísmo, arriscando a vida em minha defesa. Não há mais motivos para segredos. Numa palavra, Mr. Weld, aquele homem chamava-se James McCarthy e é meu único filho.

— Seu filho?

— Sim, desgraçadamente. Não sei que pecado cometi para merecer tamanho castigo. Ele fez da minha vida uma miséria contínua, isto desde a infância. Violento, teimoso, egoísta, sem moral, foi sempre o mesmo. Aos 18, já era um criminoso. Aos vinte, num paroxismo de cólera, matou a um companheiro e foi levado a júri. Escapou da forca para ser condenado a prisão por toda a vida.

"Três anos depois, conseguiu fugir e através de mil obstáculos apareceu-me aqui em Londres. Minha esposa morreu com o coração despedaçado e ele escondeu-se durante meses no sótão, até que as investigações da polícia amortecessem. Dei-lhe então um emprego aqui, embora pela violência do seu temperamento ele me fizesse da vida um inferno. O senhor suportou-o por quatro meses e sabe tudo. Agora peço-lhe desculpas do último passo que dei — mas que poderia fazer? Eu estava no dever de defendê-lo contra tudo — contra todas as suspeitas. Era meu filho. Só debaixo do meu teto poderia ele encontrar asilo — único lugar em todo mundo — e como tê-lo aqui sem lhe dar uma função? Era o meio de desviar as suspeitas. Transformei-o em professor de inglês, e nesta qualidade o mantive durante três anos.

O senhor talvez notasse que James jamais se afastava do colégio. Sabe agora o motivo real. Mas naquela noite, quando recebi seu aviso de que um homem estivera espiando pela janela, pressenti que James fora descoberto. Induzi-o a fugir imediatamente, mas o desgraçado estava bêbado e não deu tento às minhas razões. Quando por fim resolveu fugir quis levar consigo tudo que eu possuía, até o derradeiro xelin. A sua inopinada aparição no escritório salvou-me a vida, e logo depois a polícia entrou, ainda a tempo de salvar a sua. Incorri no crime de abrigar um criminoso, e por isso aqui estou em custódia, guardado por este senhor policial. Mas não há prisão nenhuma que não me seja mil vezes mais suave do que a em que vivi durante estes três últimos anos..."

A MÃO MORENA

Toda a gente sabe que Sir Dominick Holden, o famoso cirurgião da Índia, fez-me seu herdeiro, desse modo transformando um médico pobre num opulento proprietário. Muitos também sabem que pelo menos cinco pessoas se atravessaram em meu caminho, por acharem a escolha de Sir Holden arbitrária ou caprichosa. A estas posso assegurar que estão redondamente enganadas e que, embora eu conhecesse Sir Holden apenas nos últimos tempos de sua vida, ninguém fez mais por lhe merecer a estima. Posso mesmo afirmar que em toda a sua vida ninguém fez mais por ele. Não pretendo que aceitem a minha afirmativa, nem que creiam no que vou contar; parece obra de pura imaginação; mas como me sinto no dever de contá-la, aqui a ponho, quer me creiam, quer não.

Sir Dominick Holden foi o mais notável cirurgião da Índia no seu tempo. Começou no Exército e depois estabeleceu-se como particular em Bombaim,[1] donde era chamado para todos os pontos da Índia. Seu nome está muito ligado ao Oriental Hospital, por ele fundado e sustentado. Tempo veio, entretanto, em que a sua constituição de ferro começou a dar sinais de cansaço, fazendo que seus colegas (talvez não desinteressadamente) fossem unânimes em aconselhá-lo a voltar para a Inglaterra.

---

1 Atualmente, Mumbai. (N.E.)

Sir Holden resistiu quanto pôde, até que seu estado se agravou e ele ressurgiu em Londres, alquebrado, em busca de Wiltshire, a sua terra de nascimento. Lá adquiriu uma grande propriedade na fímbria da Alisbury Plain e consagrou seus últimos anos ao estudo da Anatomia Comparada, que era a sua vocação e na qual se tornara autoridade mundial.

Nós, da família, ficamos muito excitados com a volta inesperada de tio tão rico e sem filhos. Sir Holden, embora nada exuberante na hospitalidade, mostrou que tomava os parentes em linha de conta, a cada um de nós mandando alternativamente convite para uma estada lá. Desejava conhecer-nos. Por um primo tive informação que essas estadas eram bem melancólicas, e em vista disso foi com ideias mal definidas que me dirigi para lá, quando minha vez chegou. Minha mulher fora tão deliberadamente excluída do convite que o meu primeiro ímpeto foi recusá-lo; mas havia interesse em jogo — interesses dos filhos —, e movido pela insistência de todos pus de lado o ressentimento e numa tarde de outubro parti para Rodenhurst, sem nem por sombras imaginar o que iria suceder.

A propriedade de meu tio estava situada na planície de terras aráveis, alternadas com morretes de grés,[2] característica do condado de Wiltshire. Quando desci na estação de Dinton, ao apagar-se daquele dia de outono, senti-me impressionado pelo tom de magia da paisagem. Os escassos *cottages* de camponeses ficavam tão minúsculos diante dos restos da vida pré-histórica que o presente se me afigurava um simples sonho e o passado uma realidade esmagadora. O caminho serpenteava ao sabor de vales rasgados entre morros em cujos topos se erguiam fortificações, redondas umas, outras quadradas, desafiadoras da ação dos ventos e das chuvas através dos séculos. Uns as atribuem aos romanos; outros, aos bretões; mas a sua verdadeira origem está muito entrelaçada de possibilidades para que possa ser tirada a limpo. A espaços, nas encostas vicejantes, emergem restos de túmulos. Neles subsistem as cinzas dos cadáveres cremados da raça que esfuracou daquela maneira a montanha. Uma urna de barro em cada túmulo conta que ali se dissolveu um homem que já viveu sob o sol.

Foi através dessa impressionante paisagem que me aproximei da residência de meu tio, em Rodenhurst, solar que se casava harmoniosamente com o meio. Dois pilares corroídos pelo tempo e encimados de emblemas

---

2 *Rocha sedimentar. (N.E.)*

heráldicos flanqueavam o portão de entrada. Um renque de olmos seguia-se, agitados pelo vento gelado e a desfazerem-se das folhas amarelecidas. Ao fim desse túnel vegetal, uma lâmpada. Era já quase noite, mas pude apanhar a vivenda em visão de conjunto — uma casa baixa, que se estirava em duas alas desiguais, bem no estilo dos Tudors. Certa janela com persianas mostrava luz dentro — era o gabinete de meu tio, para onde me levou um criado.

Encontrei-o junto à lareira, tiritando ao áspero frio do outono inglês. Não estava acesa a lâmpada, de modo que vi Sir Holden à luz do braseiro — cabeça grande, nariz de índio, rosto sulcado de rugas, como marcas sinistras de oculto fogo vulcânico. Sir Holden ergueu-se para receber-me num gesto de cortesia grata às tradições do velho solar. Um criado veio acender as lâmpadas e pude ver que um par de olhos penetrantes como o das águias, escondidos debaixo do espesso das sobrancelhas — *scouts*[3] atrás das moitas —, estavam lendo o meu caráter e os meus pensamentos com a facilidade dum mestre nos segredos da vida.

Eu não podia despegar dele os meus olhos, porque jamais vira diante de mim uma criatura mais digna de nota. Um verdadeiro gigante, mas despido de carnes e só em osso. Suas roupas pareciam vazias, como as que se penduram pelos ombros num cabide de guarda-roupa. As mãos eram só nós; as pernas, magríssimas. Os olhos, porém, aqueles perscrutadores olhos azuis, impressionavam mais que tudo. Não pela cor apenas, nem pelo fato de estarem emboscados sob as sobrancelhas espessas — mas pela expressão. Do seu todo agigantado e senhoril era de esperar-se naqueles olhos uma expressão de arrogância; em vez disso tinha a que emana de um espírito acovardado e agachado, com o furtivo e expectante do olhar do cachorro que vê o senhor levantar o chicote. Mentalmente murmurei o meu diagnóstico com base naquela expressão. Vi que meu tio estava em luta com alguma doença mortal, dessas que extinguem uma vida repentinamente — e vi que isso o aterrorizava. Era o chicote erguido. Tal foi o meu diagnóstico — e errado, como os acontecimentos o provaram. Menciono-o para que o leitor acompanhe a marcha das minhas impressões.

A recepção de meu tio foi, como já disse, cortês, e uma hora depois vi-me sentado entre ele e a sua esposa, à mesa de jantar, diante de iguarias requintadas e servido por criados do Oriente. O velho casal voltava

---

3 *Em inglês, olheiros. (N.E.)*

tragicamente ao viver antigo dos começos do casamento, agora que se viam no fim da vida, sozinhos, sem amigos íntimos, já com a missão cumprida e à espera apenas do ponto final. Os que chegam a essa estação com suavidade e amor, os que transformam o seu inverno em outono saem da vida como vencedores. Lady Holden era uma criatura franzina e viva, com olhares para o marido que eram certificados ao nobre caráter do velho companheiro. E, entretanto, embora eu lesse amor mútuo naqueles olhos também lia o mútuo terror, que interpretei como o medo do fim. A conversa de um ou de outro era às vezes alegre, às vezes triste — mas percebi esforço na nota alegre e muita naturalidade na nota triste —, o que me esclareceu sob o estado real dos corações que lhes palpitavam no peito.

Estávamos no primeiro copo de vinho e os criados já haviam deixado a sala quando a conversa tomou imprevisto rumo. Não me lembro o que nos pôs naquele caminho, a debater o sobrenatural, assunto que me levou a discorrer sobre estudos psíquicos, aos quais me tenho devotado, como muitos outros neurologistas. Expus a experiência feita como membro da Psychical Research Society, quando, com mais três colegas, passei uma noite num prédio assombrado. Era um caso de nenhum modo excitante, ou convincente; mesmo assim interessou meus tios no mais alto grau. Ouviram-me em completo silêncio, trocando a espaços olhares que não pude compreender. Logo depois Lady Holden ergueu-se da mesa e saiu da sala.

Sir Holden ofereceu-me charutos e pusemo-nos a fumar em silêncio. Notei que sua mão, toda ossos, estremecia ao levar o charuto à boca, e por esse detalhe conheci que seus nervos vibravam como cordas de violino. Pressenti que estava na iminência duma confissão e calei-me para melhor propiciá-la. Por fim voltou-se na cadeira e teve um gesto de quem lança de si os últimos escrúpulos.

— Do pouco que sei, vi e ouvi do senhor, dr. Hardacre — disse-me ele —, verifico que é exatamente o homem que procuro.

— Encanta-me muito ouvir isso, sir.

— Sua cabeça me parece firme e fria. Não suponha que eu esteja a lisonjeá-lo. As circunstâncias são por demais sérias para que eu perca tempo com insinceridades. O senhor tem conhecimentos especiais destes assuntos e os vê dum ponto de vista filosófico, que lhes tira toda a vulgaridade. Diga-me: acha que pode assistir a uma aparição sem impressionar-se de uma maneira desastrosa?

— Perfeitamente, sir.

— E interessa-se por isso?

— Profundamente.

— Como observador psíquico pode o senhor ponderar sobre o fato de um modo impessoal, como o astrônomo pondera sobre um cometa que surge?

— Exatamente, sir.

O velho deu um prolongado suspiro.

— Creia-me, dr. Hardacre, que houve tempo que eu não podia falar como estou agora falando. Minha calma ficou famosa na Índia. Ainda durante os dias trágicos da Insurreição dos Cipaios[4] essa calma não me abandonou por um só momento. E, no entanto, veja ao que me acho reduzido. Sou a mais apavorada criatura de todo o condado de Wiltshire. Não fale muito arrogantemente dessa matéria, que se arrisca a um terrível teste como o que tive; um teste que poderá levá-lo ao hospício ou ao túmulo.

Esperei pacientemente que Sir Holden entrasse no âmago da sua confidência. Aquele prefácio enchera-me de curiosidade.

— De alguns anos a esta parte — começou ele —, a minha vida e a de minha mulher tornaram-se profundamente miseráveis por um motivo que parece grotesco. E a familiaridade com esse motivo, em vez de tudo atenuar, como faz toda familiaridade, mais e mais me destrói os nervos pelo atrito constante. Se o senhor não sente o medo físico, dr. Hardacre, eu terei muito gosto em ouvir sua opinião sobre o fenômeno que tanto nos perturba.

— Embora pouco valha a minha opinião, estará ela inteiramente ao seu serviço, sir. Poderei saber a natureza desse fenômeno?

— Creio que a sua opinião terá maior valor se de nada for informado antecipadamente. O senhor sabe muito bem a ação das impressões subjetivas sobre o objetivo, e deve guardar-se de tê-las a prejudicar a experiência.

— Que devo fazer então?

— Vou dizer. Quer ter a bondade de acompanhar-me?

E, assim dizendo, Sir Holden levou-me para fora da sala, rumo a um grande laboratório cheio de instrumentos científicos. Uma prateleira corria pela parede com dezenas de vidros contendo preparações anatômicas.

---

[4] *Revolta popular armada ocorrida na Índia no período de 1857 a 1859, com o objetivo de combater a dominação e a exploração dos ingleses. (N.E.)*

— O senhor vê que ainda insisto nos meus velhos estudos — disse o famoso cirurgião. — Estes frascos constituem os remanescentes da preciosíssima coleção que perdi no incêndio de minha casa em Bombaim, no ano de 1892. Foi um grande desastre na minha vida, sob vários aspectos. Eu possuía exemplares únicos, em matéria de desvios anatômicos. Restam-me estes sobejos.

Corri os olhos pela coleção e vi que eram realmente objetos de grande valor pela raridade do ponto de vista patológico — órgãos anormais, ossos malformados, distúrbios parasitários, uma singular exibição de transtornos orgânicos coletados na Índia.

— Temos aqui um divã — disse o velho sábio. — Nunca foi minha intenção oferecer a um meu hóspede tão incômodo leito; mas já que as coisas chegaram a este ponto seria interessante que o senhor consentisse em passar a noite neste laboratório. Isso caso não lhe repugne fazê-lo. Decida com toda sinceridade.

— Bem pelo contrário, sir. Será com grande prazer que me submeterei à experiência.

— Meu quarto é o segundo à esquerda e se necessitar de mim, para o que quer que seja, não tenha escrúpulos em chamar-me.

— Espero não ser forçado a perturbar o seu repouso, sir.

— Não receie acordar-me. Raro durmo. Estarei sempre alerta e às suas ordens.

Não foi afetação ou exagero da minha parte dizer que sentiria prazer em passar a noite ali. De nenhum modo pretendo ter mais coragem física do que qualquer outro; mas a familiaridade com um assunto atenua a sua impressão sobre nós. O cérebro humano é capaz duma só emoção forte de cada vez, e se está tomado de curiosidade, ou entusiasmo científico, não cabe nele o medo. É verdade que eu ouvira de meu tio o contrário disto — mas atribuí o fato à fraqueza e decadência dos seus nervos. Eu, pelo contrário, estava perfeito de saúde e nervos, e por isso ansioso como o caçador pela caça. Fechei a porta do laboratório e deitei-me no divã.

Não era um ambiente ideal para um quarto de dormir. Ar pesado e impregnado de cheiros de drogas, entre os quais predominava o do álcool metílico. As decorações igualmente eram nada sedativas. Havia a odiosa prateleira de relíquias de doenças horrorosas a tomar-me os olhos para onde quer que os voltasse. As janelas não tinham persianas, de modo que a lua em minguante punha na parede fronteira um quadrilátero de prata.

Quando apaguei a lâmpada essa claridade assumiu singular importância. Silêncio absoluto pela casa inteira, e tal que o rumor das brisas nas árvores lá fora chegava até mim. E, ou fosse o embalo hipnótico desses sussurros externos, ou o cansaço dum dia de viagem cheio de emoções, breve me senti imerso em sono profundo.

Fui despertado por um rumor qualquer, que imediatamente me fez sentar no divã. Algumas horas já se haviam passado, de modo que o quadrilátero de luar mudara de posição, aproximando-se de mim. O resto da sala desaparecia imerso na escuridão. A princípio nada vi; depois, à medida que meus olhos se iam afazendo à penumbra, verifiquei com um arrepio pelo corpo que qualquer coisa se movia ao longo da prateleira. Um som macio, como de sandálias, chegou aos meus ouvidos, e vagamente discerni um vulto humano que caminhava cauteloso. Ao cruzar pela faixa de luz pude distingui-lo com precisão. Era um homem atarracado, vestido duma espécie de burel escuro que lhe caia liso dos ombros aos pés. Tinha a cor do chocolate e na cabeça uma massa de cabelos negros enrodilhada atrás, como certas mulheres usam. Caminhava lentamente, com olhos fixos na direção dos frascos cheios dos horríveis resíduos humanos.

O vulto ergueu as mãos. Não foi bem isso. Ergueu os braços em gesto de desespero e percebi que só tinha uma das mãos. O braço direito terminava em um côto. Em tudo mais era um homem como qualquer, podendo passar por um dos criados de Sir Holden que ali houvesse entrado em busca de qualquer coisa. Unicamente a sua súbita aparição é que me sugeriu algo de sinistro. Levantei-me, acendi a lâmpada e examinei cuidadosamente a sala. Não havia sinal do meu visitante e tive de concluir que sua aparição representava algo fora das leis naturais que conhecemos. Fiquei acordado pelo resto da noite e nada mais aconteceu.

Sou madrugador, mas o meu tio o era ainda mais. Quando deixei o laboratório, já o encontrei medindo passos na frente da casa. Ao ver-me, precipitou-se ao meu encontro.

— Então? — exclamou. — Viu-o?

— Um indiano sem uma das mãos?

— Sim.

— Vi-o, sim. — E contei-lhe tudo quanto ocorrera. Ao concluir, Sir Holden encaminhou-se para o seu escritório.

— Temos algum tempo antes do *breakfast* — disse ele. — Bastará para que eu lhe dê uma explicação deste mistério, se é que posso explicar o inexplicável. Em primeiro lugar, se eu lhe disser que, de quatro anos para cá, tanto em Bombaim como a bordo ou aqui, ainda não se passou uma só noite sem que o meu sono fosse perturbado por essa aparição, o senhor compreenderá o motivo deste meu miserável estado. O programa é sempre o mesmo. Surge à beira do meu leito, sacode-me rudemente pelos ombros, segue para o laboratório, caminha lento na direção da prateleira e desaparece. Por mais de mil vezes já fez isso.

— Que é que ele quer?
— Quer a sua mão.
— Sua mão!
— Sim, só quer isso. Vou contar. Fui uma vez chamado a Peshawer para uma consulta, dez anos atrás, e nessa ocasião tive ensejo de examinar um indiano que passava numa caravana afegã. Esse indiano das montanhas lá do outro lado de Kafiristão falava um dialeto *pushtoo*. Foi tudo quanto pude saber. Sofria de uma inchação sarcomatosa na junta de um dos metacarpos. E verifiquei que somente lhe amputando a mão poderia salvar-lhe a vida. Após muita luta, o homem consentiu em ser operado, e depois da operação pediu-me a conta. O pobre homem não passava dum quase mendigo, de modo que a ideia de conta soava absurda... e respondi, brincando, que aceitava como pagamento o membro amputado, para o ter na minha coleção.

"Com surpresa minha o indiano resistiu à proposta, explicando que de acordo com as suas crenças era matéria muito importante que o corpo se apresentasse inteiro depois da morte. Esta crença é muito espalhada, e encontrei-a também no Egito. Lembrei-lhe que a mão já estava cortada e que ele não tinha meios de conservá-la para reunir ao corpo depois que morresse.

Respondeu-me que a conservaria em sal, trazendo-a sempre consigo, o que me fez alegar que estaria mais segura comigo, pois possuía melhor meio de conservá-la do que o sal. O homem compreendeu a minha alegação e cedeu dizendo: 'Sim, Sahib, mas lembre-se de que quero que ma devolva depois que eu morrer.' Ri-me dessa exigência e o caso ficou por aí. Voltei à minha vida habitual, enquanto o operado, já de vida salva, pode retomar a sua viagem para o Afeganistão.

Mas como lhe contei ontem, fui vítima daquele incêndio em Bombaim. Metade da minha casa foi destruída e com ela quase toda minha coleção. O que salvei foi quase nada. A mão do indiano perdeu-se no incêndio.

Dois anos depois fui uma noite despertado por um vigoroso puxão na manga. Sentei-me na cama certo de que meu cachorro entrara no quarto. Em vez do cachorro vi diante de mim o indiano operado, vestido no burel que lá usam, a olhar-me com expressão de censura enquanto estendia o braço sem mão. Depois caminhou ao longo da prateleira de frascos, que nessa época eu conservava em meu quarto. Examinou-os todos e com um gesto de cólera desapareceu. Compreendi que acabava de falecer e que, como prometera, tinha vindo buscar a mão que me dera a guardar.

Eis aí o caso, dr. Hardacre. Todas as noites, desde essa época e à mesma hora, o fato se repete. Isso há já quatro anos. O efeito causado em mim pode equiparar-se ao do suplício do pingo d'água. Trouxe-me a insônia, porque não há dormir possível com o pensamento no que a horas tantas vai fatalmente suceder. Isso envenena-me os últimos anos de vida, e também os de minha mulher, que é companheira em tudo."

Nesse momento soou a campainha anunciando o *breakfast*.

— Vamos para sala de jantar. Minha mulher deve estar ansiosíssima para saber como o senhor passou a noite. Estou muito grato pela coragem com que nos assistiu, porque o fato de uma terceira pessoa haver testemunhado a aparição tira-nos um peso da alma, a hipótese de ser loucura nossa, minha e de minha mulher.

Foi essa história que Sir Holden me narrou — uma história que para muitos parecerá da mais grotesca impossibilidade mas que, depois da minha experiência daquela noite, e também por causa das minhas experiências anteriores sobre a matéria, fui forçado a admitir como verdade pura. Depois do *breakfast* surpreendi meus hospedeiros com a notícia de que ia regressar a Londres pelo primeiro trem.

— Meu caro doutor – disse Sir Holden tomado de surpresa –, o senhor faz-me crer que errei em perturbar a sua estada aqui pondo-o no conhecimento da minha estranha história.

— É justamente esse assunto que me leva a Londres – respondi –, mas de nenhum modo suponha que a minha experiência desta noite me fosse desagradável. Ao contrário, tanto que peço permissão para voltar à tarde afim de passar mais uma noite naquele divã.

Meu tio sossegou e eu parti. Fui reler em meu consultório a passagem dum livro recente sobre ocultismo, que não me estava clara na memória. Essa passagem dizia assim:

"Quando uma ideia muito forte obsessa uma criatura no momento de morrer, basta isso para mantê-la presa a este mundo material. Tornam-se como verdadeiros anfíbios desta vida e da outra, e capazes de passar de uma para outra como a tartaruga passa da água para terra. As causas que tão fortemente podem amarrar uma alma à vida que o corpo abandonou são sempre as emoções violentas. Avareza, vingança, ansiedade, amor e piedade têm efeitos bastante conhecidos, neste pormenor. Em regra tudo provém de um desejo violento, e só quando esse desejo se satisfaz o espírito se acalma. Há muitos casos que mostram a estranha insistência desses visitantes, ou o seu desaparecimento, depois que o desejo que os move é satisfeito, ou quando um pacto se realiza."

— *Quando um pacto se realiza* — esta era a frase sobre a qual eu estava incerto e queria me firmar. No caso de Sir Holden só um pacto poderia atender à situação. Quem sabe se não estava ali o remédio que ele tanto procurava? Tomei o primeiro trem para Shadwell Seamen's Hospital, onde o meu velho amigo Hewett era cirurgião. Sem entrar em explicações fi-lo compreender exatamente o que eu queria.

— Uma mão morena! — exclamou Hewett atônito. — Que raio quer fazer com ela?

— Não se preocupe das minhas razões. Depois contarei tudo. Nesse momento preciso de uma mão indiana e sei que há aqui muitas.

— Isso lá é, mas... — E o meu amigo, depois de refletir uns segundos, tocou a campainha.

— Travers — disse ele ao auxiliar que apareceu —, que fim levou as mãos daquele Lascar operado ontem? Aquele camarada da East India Dock,[5] que foi colhido numa engrenagem?

— Estão no necrotério, sir.

— Embrulhe uma delas e traga-ma.

Foi assim que regressei a Rodenhurst com aquele estranho embrulho, a tempo de alcançar o jantar. Nada contei a Sir Holden e à noite, antes de deitar-me no divã, coloquei a mão morena num dos frascos de conserva a certa distância de mim.

Tão interessado fiquei pelos resultados da minha experiência que nem pensei em dormir. Sentei-me ao lado de uma lâmpada bem sombreada e pus-me a esperar com toda paciência. Desta vez vi tudo claramente desde

---

5 *Em inglês, Doca da Índia Oriental. (N.E.)*

o começo. O indiano apareceu na direção da porta, como na véspera, e apareceu nebuloso, depois fixou-se nas formas humanas. Trazia sandálias vermelhas, sem salto, o que explicava o macio do andar. Corporificou-se e fez tudo como fazia sempre; caminhou na direção da prateleira de frascos e deteve-se diante do que continha a mão amputada. Agarrou o frasco, examinou-o e depois, com todos os sinais da fúria no rosto, arremessou-o por terra. O barulho encheu a casa – e o indiano imediatamente desapareceu. Um momento depois a porta abria-se e Sir Holden entrava.

– Não está ferido? Que houve?

– Ferido, não. Apenas desapontado.

Sir Holden olhou com espanto para os destroços do frasco e para a mão morena que jazia sobre o assoalho.

– Meu Deus! Que é isto?

Contei-lhe então tudo. Sir Holden ouviu-me atento e meneou a cabeça.

– Foi bem pensado – disse ele –, mas receio que não seja fácil pôr termo aos meus sofrimentos. Numa coisa, porém, insisto. É que nunca mais durma aqui, nem se preocupe por mais tempo com este caso. Meu pavor que alguma coisa lhe houvesse acontecido, quando ouvi o barulho, foi maior que todas as agonias lentas que ando sofrendo. Não quero expor-me a ver a repetição disso.

Sir Holden, entretanto, permitiu-me passar o resto da noite ali, e lá fiquei a lamentar o desastre da minha experiência. A luz da manhã veio iluminar a mão do Lascar ainda no chão. Pus-me a mirá-la, e de súbito uma ideia me fuzilou o cérebro, que me fez saltar do divã, trêmulo de emoção. De fato, a mão do Lascar era a mão *esquerda*!

Pelo primeiro trem corri ao Seamen's Hospital, terrivelmente apavorado com a hipótese de que a mão direita do indiano já houvesse ido para o forno crematório. Meu susto não durou muito tempo. Ainda lá estava o precioso objeto que iria salvar a vida de um homem de ciência. E voltei para Rodenhurst com a mão direita do Lascar.

Sir Holden, entretanto, não quis, nem por nada, que eu dormisse de novo no laboratório. Foram inúteis todas as minhas tentativas. Achava que isso ia de encontro a todas as regras da hospitalidade. Tive de colocar a mão direita do Lascar no laboratório e ir acomodar-me num quarto próximo.

Mas a despeito disso meu sono foi do mesmo modo interrompido. Altas horas da noite meu tio apareceu-me no quarto de lâmpada em punho. Seu vulto agigantado vinha envolto num enorme pijama, e sua aparição seria mais terrível para um espírito desprevenido do que a do próprio indiano sem mão. Mas não foi a sua entrada o que mais me espantou e sim a expressão do seu rosto. Parecia remoçado de vinte anos. Os olhos brilhavam, todo seu rosto irradiava e sua mão erguia-se no ar em gesto de triunfo.

Sentei-me na cama e arregalei os olhos.

— Deu certo! Deu certo! — gritava ele. — Meu caro Hardacre, como poderei pagá-lo do benefício que me fez?

— Explique-me isso. Que é que deu certo, Sir Holden?

— Creio que o meu amigo não ficará aborrecido de ser arrancado ao sono para ouvir a grande nova.

— Mas que é?

— Não tenho mais dúvida nenhuma; e tudo o devo ao meu querido sobrinho. Nunca esperei isto de homem nenhum. Que poderei fazer que pague tão enorme benefício? Foi a Providência que o mandou aqui para me salvar. Salvou-me a vida e a razão, porque eu não suportava mais este inferno em vida. O manicômio ou o túmulo já estavam à minha espera. E minha pobre mulher, a coitada! Nunca, nunca imaginei que essa carga pudesse ser arredada dos nossos ombros. — E, dizendo isso, abraçava-me com alegria infantil.

— Foi apenas uma experiência, uma tentativa, e estou encantado que desse resultado. Mas como sabe que está tudo bem? Viu alguma coisa?

Sir Holden sentou-se à beira da minha cama.

— Vi tudo – disse ele. — O senhor sabe que a horas certas a criatura aparecia infalivelmente em meu quarto. Hoje veio, como de costume, e despertou-me, ou antes puxou-me pela manga ainda mais violentamente que das outras vezes. Parece que a decepção da véspera o irritara ao extremo. Olhou-me cheio de cólera e depois afastou-se rumo ao laboratório. Poucos instantes depois vi-o de volta, e, desde o início da sua perseguição, era a primeira vez que voltava ao meu quarto. Vinha sorrindo. Vi-lhe os dentes alvíssimos de fora. Parou na minha frente e por três vezes curvou-se, no clássico *salaam* que é o solene modo de despedir-se dos orientais. Na terceira curvatura seus braços ergueram-se à altura da cabeça e eu vi; vi *duas* mãos desenharem-se no ar. Depois esvaiu-se, e creio que para sempre.

Eis narrada a curiosa experiência que me conquistou a afeição e a gratidão desse meu famoso tio. Suas suposições realizaram-se, porque desde essa noite nunca mais foi perturbado pelas visitas do indiano maneta. Sir Dominik Holden e Lady Holden tiveram uma velhice muito feliz, sem nuvens, vindo a morrer por ocasião da grande *influenza* com diferença de semanas um do outro. Pelo resto da sua vida nunca mais o bom velho deixou de consultar-me sobre tudo quanto dizia respeito à vida inglesa, da qual se afastara por muitos anos. Também o auxiliei na compra de outras propriedades que aumentaram os seus domínios. Não foi, portanto, nenhuma surpresa para mim quando o seu testamento me colocou na frente de cinco furiosos sobrinhos e me transformou de modesto médico de província em chefe de uma importante família de Wiltshire. Graças ao indiano de mão cortada, meu destino mudou-se completamente.

O DEMÔNIO DA TANOARIA

Não foi coisa fácil trazer o Gamecock até a ilha; o rio havia vomitado tanta aluvião que bancos de lama se estendiam longe, pelo oceano adentro. A linha da costa estava apenas visível e já o quebrar das ondas contra esses bancos nos avisava do perigo. Passamos então a navegar cautelosamente, afastando-nos bem à esquerda dos lameiros como era indicado na carta. Mais duma vez o casco do Gamecock tocou o fundo da areia; tivemos, entretanto, a sorte de não encalhar. Por fim a água foi se encrespando e tivemos que esperar a canoa mandada à feitoria em busca dum piloto. Veio um negro Krooboy,[1] que nos levou a duzentos metros da ilha. Lá deitamos âncora, visto que o piloto nos indicava com gestos que não havia ir além. O azul do mar mudara para o pardacento sujo da caudal, e mesmo ao abrigo da ilha a correnteza marulhava de encontro ao casco do iate. Era a enchente; víamos palmeiras de raiz para o ar e, pelas margens lamacentas, troncos de árvores e toda a sorte de destroços carregados pela enxurrada.

Quando me convenci por mim mesmo de que estávamos em seguro, tratei de abastecer-me de água, porque o lugar me parecia miasmático. As águas grossas, as margens lamacentas, o tom venenoso dos verdes

---

1 *Pescadores experientes da tribo Kroo ou Kru em Sotta Krou, onde hoje é a Libéria, na África Ocidental. (N.E.)*

marginais, a umidade da atmosfera, eram outros tantos indícios de insalubridade. Mandei, pois, um bote com grandes barris capazes de conter a água necessária para a nova navegação até São Paulo de Loanda. Depois tomei uma canoa e remei para a ilhota onde a bandeira inglesa flutuava entre palmeiras, marcando a posição da feitoria de Armitage & Wilson.

Dum certo ponto em diante, pude ver a casa — barracão comprido e baixo, de paredes caiadas e varanda, tendo na frente, à direita e à esquerda, pilhas de barris de óleo de palma. Uma série de botes costeiros e canoas estendiam-se pela praia, cortada em certo ponto por um pequeno embarcadouro. Dois homens vestidos de branco e de cinturões vermelhos estavam ali a nossa espera. Um deles, alto e forte, de barba grisalha; o outro, delgado, rosto oculto dentro de um grande chapéu em forma de cogumelo.

— Muito prazer em vê-lo — disse este último em tom cordial. — Sou o Walker, representante da Armitage & Wilson, e aqui é o dr. Severall, da mesma firma. Não é frequente vermos aportar por aqui um iate particular.

— É o Gamecock — declarei. — Sou o dono e *skipper*. Meldrum é o meu nome.

— Viagem de exploração? — indagou ele.

— Sou lepidopterista, um caçador de borboletas, que venho fazendo a costa africana do Senegal para baixo.

— Tem apanhado muita coisa? — perguntou o doutor pousando em mim os seus olhos claros.

— Tenho já quarenta caixotes cheios. Viemos por mar, a ver o que há nesta zona, aproveitável para a nossa especialidade.

Estas apresentações e explicações prolongaram-se por todo tempo em que os meus dois Krooboys manobravam o bote de modo que eu pudesse saltar para o embarcadouro. Logo que o fiz, os dois ingleses atropelaram-me de perguntas, visto estarem ali sem notícias do mundo já de meses.

— Que é que eu faço? — disse o doutor quando chegou minha vez de entrar com perguntas. — Trabalho e nas horas de folga converso política.

— Sim — interveio o outro. — Por felicidade, Severall é radical, e eu, unionista, o que nos permite debater o Home Rule[2] por horas e horas cada noite.

....

2 Na história britânica e irlandesa, movimento para garantir a autonomia interna da Irlanda dentro do Império Britânico. (N.E.)

— Enquanto tomamos *cocktails* de quinino — completou o médico. — Estamos os dois bastante saturados desse sal, mas a nossa temperatura já andou por 103 graus,[3] no ano passado. Como um sereno conselheiro, recomendo ao amigo que não se detenha por estas paragens muito tempo, a não ser que tenha tanto interesse em colecionar bacilos como borboletas. A foz do Ogowai nunca será uma estação de clima.

Nada mais comovente de ver estes pioneiros da civilização, lançados em regiões desertas e insalubres, rirem-se e transformarem em pilhérias o horror da vida de sacrifícios e perigos que lá levam. De Serra Leoa para baixo vim sempre encontrando aqueles mesmos pântanos, as mesmas aldeias de nativos tiritantes de febre — e as mesmas pilhérias sinistras. Há algo de divino nisso do homem erguer-se acima da sua miserável situação e empregar a inteligência em mofar das misérias do corpo.

— O jantar estará pronto em meia hora, capitão Meldrum — disse o doutor. — Walker foi providenciar; compete-lhe esta semana o governo da casa. Enquanto isso, se está disposto, poderemos dar um giro pela ilhota.

O sol já se havia posto por detrás das palmeiras, e a abóboda celeste dava ideia de uma imensa concavidade a picar-se de pontinhos iridescentes. Ninguém que não haja vivido em terra em que o peso e o calor dum lenço sobre os nossos joelhos se torna intolerável pode calcular o abençoado alívio que o cair da noite nos traz. Naquele ar de fim do dia, mais puro e fresco, o doutor deu a volta comigo em redor da ilha, mostrando as benfeitorias e explicando como se operava o trabalho.

— Há um certo romantismo aqui — disse ele em resposta à minha observação sobre a monotonia da vida que levavam. — Moramos na beira do grande desconhecido. Para lá — observou apontando para o nordeste —, Du Chaillu penetrou e encontrou a pátria dos gorilas. É o Gabão, a terra dos grandes macacos. Mas neste rumo — e apontou para sudoeste — ninguém penetrou ainda. A terra que aqui vem ter, drenada pelo rio, é praticamente desconhecida do europeu. Cada tronco que passa por nós procede de uma região ignota e virgem. Muitas vezes lamento não ser botânico para classificar as maravilhosas orquídeas e outras plantas raras que vejo na parte ocidental da ilha.

Essa parte ocidental da ilha era um raso em declive, verdadeira praia negra de detritos depositados pelas enchentes; em cada extremo havia

---

3   Medida em Fahrenheit. Corresponde a cerca de 39°C. (N.E.)

um quebra-mar de lama, paus e tranqueira, e entremeio se formava uma pequena baía rasa. Nessa água represada acumulavam-se plantas boiantes em redor dum enorme tronco de árvore morta.

— Tudo aquilo veio dos rincões desconhecidos — disse o doutor. — Ficam os destroços encalhados ali uns tempos, até que um temporal mais forte varra tudo para o oceano.

— Tronco de que árvore é aquele? — perguntei.

— Suponho que de teca, mas já muito velho e podre, ao que parece. Passam flutuando por aqui toda a sorte de árvores, sobretudo palmeiras. Venha cá.

O doutor levou-me para um comprido barracão dentro do qual se acumulava enorme quantidade de aduelas de barril e arcos de ferro.

— É a nossa tanoaria — explicou. — Recebemos estas aduelas aos feixes para serem armadas aqui. Nota qualquer coisa de sinistro neste barracão?

Corri os olhos pelo teto de folhas de zinco, pelas paredes de tábuas, pelo chão de terra batida. A um canto havia um colchão e um cobertor.

— Nada vejo de alarmante — respondi.

— Pois há aqui qualquer coisa fora do comum. Está vendo aquela cama? Vou dormir nela esta noite, e sem exagero afirmo que isso constitui uma terrível prova para os nervos duma criatura.

— Por quê?

— Umas tantas coisas que vêm acontecendo de dias para cá. O senhor falou da monotonia do nosso viver no ermo; mas temos às vezes rupturas muito sérias dessa monotonia. É tempo de voltarmos. A esta hora começam a subir dos pântanos vapores mefíticos. Olhe lá, rio acima. Veja a cerração que já se forma.

Olhei e vi longos estirões de cerração que vinham das florestas e invadiam o rio em nosso rumo, como serpentes difusas. Ao mesmo tempo notei que o ar crescia em umidade gélida.

— A sineta do jantar está nos chamando — disse o doutor ao ouvi--la. — Se este assunto o interessa, continuaremos à noite, depois de bem confortados os estômagos.

Interessava-me muito, porque havia algo de grave e preocupado no ar do doutor ao referir-se à tanoaria — e isso logo me falou à imaginação. Era ele um homem forte, esplendidamente constituído de músculos e nervos; mesmo assim pude notar qualquer coisa em sua expressão, como se o medo o trabalhasse por dentro. Senti-o também alerta, ou em guarda contra um perigo qualquer.

— Uma coisa está a me intrigar — disse eu enquanto nos dirigíamos para a casa. — O senhor mostrou-me as cabanas dos nativos, mas não vi ainda vivalma. Por onde andam?

— Foram dormir num velho pontão longe daqui, num dos bancos de lama.

— Mas, nesse caso, que necessidade têm eles de cabanas?

— Usaram estas cabanas até bem recentemente — respondeu o doutor. — Pusemo-los a dormirem no pontão por uns tempos, até que readquiram a confiança. Andam quase loucos de pânico, de modo que nenhum quer dormir na ilha. À noite ficamos aqui sozinhos, eu e Walker.

— Que é que os apavora dessa maneira?

— Isto nos reporta ao que eu ia contando. Não creio que Walker faça objeção a que o senhor penetre no segredo. É uma coisa horrível.

O doutor não fez nenhuma outra alusão ao caso durante todo o jantar preparado em minha honra. Desconfio que mal o topo do mastro do Gamecock se mostrou lá pelas alturas do Cabo Lopes e já aquelas amáveis criaturas puseram ao fogo a panela de ardidíssimo cozido de pimenta, que é o prato daquela costa africana, e também as batatas doces e os inhames. Isso explica o excelente jantar que nos foi servido por um esperto copeiro de Serra Leoa. Um nativo. Por que ficaria ele ali, quando todos os seus companheiros já se haviam retirado para o pontão? Estava eu a pensar nisso quando, depois de servida a sobremesa, o copeiro ergueu as mãos à altura do turbante.

— Nada mais a fazer, Massa Walker? — perguntou.

— Não, está tudo muito bem, Moussa — respondeu o representante da Armitage & Wilson. — Entretanto eu preferia que você dormisse na ilha.

Percebi logo a luta que, entre o dever e o medo, se travava na alma do africano. A pele tornou-se-lhe daquele tom púrpura lívido, que corresponde à palidez nos negros, e seus olhos espiaram furtivamente em torno.

— Não, não, Massa Walker! — disse ele por fim. — É melhor que o senhor venha para o pontão comigo, sah! Muito melhor para o senhor, sah!

— Isso é um absurdo, Moussa. Um homem branco não deserta o seu posto nunca.

De novo percebi na face do negro sinais de luta interna, na qual prevaleceu o medo.

— Eu não posso fazer assim, Massa Walker! — murmurou ele. — Não posso, não posso! Se fosse ontem, ou amanhã, eu podia ficar; mas esta noite não posso, sah, porque é a terceira noite.

Walker sacudiu os ombros.

— Pois então suma-se daqui duma vez. Quando vier o barco de Serra Leoa volte para lá. Não quero criados que me abandonam quando mais preciso deles. — E voltando-se para mim: — Creio que isso lhe está cheirando a mistério, capitão Meldrum. A não ser que o doutor já haja revelado toda história.

— Mostrei ao capitão a tanoaria — disse o doutor Severall —, mas nada contei do estranho caso. Você não me parece bem, Walker — acrescentou, firmando nele os olhos. — Creio que nova crise se aproxima.

— Sim, passei com a tremura da febre o dia inteiro, e minha cabeça é como se estivesse com o cérebro solto dentro. Tomei dez grãos de quinino, que me puseram os ouvidos a tinir. Mesmo assim quero ficar na tanoaria com o senhor.

— Não, meu caro, não me fale nisso. Precisa ir para cama já, e o capitão Meldrum desculpará a sua retirada. Eu dormirei na tanoaria, e prometo que amanhã antes do *breakfast* estarei aqui para lhe dar o remédio.

Era evidente que Walker estava sob a ação dum acesso palustre, consequência das maleitas daquela costa africana. Suas faces descoradas ardiam em fogo e seus olhos tinham o brilho da febre. Logo depois começou a trautear uma cantiga em voz aguda, onde o delírio do acesso se patenteava claro.

— Vamos, vamos para cama, meu amigo — disse o doutor. E com o meu auxílio levou para cama o doente. Despimo-lo e fizemo-lo tomar um sedativo. Instantes depois caía no sono.

— Passará bem a noite — disse o doutor ao voltarmos para a mesa. — Às vezes vem o acesso para ele; outras vezes, para mim; felizmente nunca adoecemos simultaneamente. Sinto ter de deixá-lo aqui sozinho, capitão, mas há esse mistério que tenho de resolver. É com esse intuito que vou dormir na tanoaria.

— O senhor já me falou nisso.

— Dormir é modo de dizer. Passar a noite, isso sim. Anda um tal pavor pelo ambiente que nenhum nativo aqui fica depois que o sol desaparece, e tenho de desvendar o mistério. O costume era ficar um nativo de guarda à noite, na tanoaria, para evitar furto de aduelas. Pois bem, há seis dias atrás o guarda que lá dormia desapareceu sem deixar nenhum vestígio. Caso singularíssimo, porque nenhuma canoa o tomou e estas águas são muito cheias de crocodilos para que alguém se atreva a meter-se a nado. O que sucedeu a esse rapaz, ou de que maneira deixou a ilha, é um mistério. Walker e eu ficamos apenas surpreendidos; mas os nativos apavoraram-se terrivelmente, e histórias da feitiçaria Vodoo começaram a correr. Mas a coisa agravou-se três dias depois, quando um novo guarda desapareceu com o mesmo mistério. Os meus negros, então, estouraram, como boiada.

— Desapareceu o segundo guarda?

— Exatamente, e sem deixar sinais. Os negros juram haver na tanoaria um demônio que exige uma vida a cada três noites, e por coisa nenhuma querem dormir na ilha. Até esse Moussa, que é um rapaz de grande fidelidade, não se anima a ficar aqui, mesmo vendo seu patrão a arder em febre. Para que possamos continuar a conduzir este serviço temos de sossegar os negros; e não vejo melhor meio do que dormir eu mesmo lá esta noite, que é justamente uma "terceira noite" e, portanto, uma em que o demônio deve aparecer.

— Tem o doutor alguma pista, alguma ideia a respeito? Não descobriu qualquer marca de violência, mancha de sangue, rastros, nada que possa sugerir a causa dos desaparecimentos?

— Absolutamente nada. Os dois guardas desvaneceram-se, eis tudo. Da segunda vez foi o velho Ali, que residia cá desde que o estabelecimento se fundou. Era muito forte de espírito e nada o arredaria do serviço.

— Nesse caso acho que a tarefa do doutor é bem séria, desajudado como está. O senhor Walker de nenhum auxílio pode ser, com a dose de láudano que tomou. Permita-me que vá também passar a noite na tanoaria. Poderei talvez servir para alguma coisa.

— Isso é muito generoso da sua parte, capitão Meldrum — disse o doutor apertando-me a mão efusivamente. — Não era coisa que eu me atrevesse a pedir a um hóspede; mas se realmente deseja auxiliar-me...

— Certamente, e nem poderia ser de outra maneira. Se me permite, vou sinalar para o Gamecock, a fim de que não me esperem lá esta noite.

Fui ao embarcadouro com o doutor para sinalar ao meu barco, e senti-me impressionado pelo aspecto da noite. Enorme junção de nuvens negras amontoava-se do lado do continente e golfadas quentes de vento batiam em nossos rostos, como jatos de ar saídos de fornalha. No embarcadouro as águas do rio chiavam, rebentando em espirros ao pé das estacas.

— Diabo! — exclamou o dr. Severall. — Para coroamento de nossas encrencas vamos ter um temporal horrível. O rio sobe, o que indica chuvas muito pesadas nas cabeceiras; e quando o rio sobe ninguém pode prever até que altura irá. Já tivemos toda ilha completamente inundada. Muito bem. Vamos dar uma vista de olhos em Walker, e depois, toca a recolher.

O doente estava mergulhado em sono profundíssimo; o doutor deixou à sua cabeceira um copázio de limonada, para o caso de acordar-se com sede. Em seguida nos dirigimos à tanoaria, atravessando o escuro, com aquele terrível castelo de nuvens baixas sobre nossas cabeças. O rio já subira tanto que a baía desaparecera; a água tinha recoberto os quebra-mares laterais. A massa de plantas aquáticas em torno do tronco de teca parecia enorme jangada aos balouços.

— É um benefício que a enchente nos vai fazer, remover essa tranqueira acumulada — disse o doutor. — É sempre assim. Começa a juntar-se paulama e ervas mortas naquele remanso até que um temporal os varra para o alto-mar. Bem. Aqui estamos em nosso hotel. Há uns livros e fumo. Com isto temos de varar a noite.

Batida pela luz de nossa lanterna o interior da tanoaria mostrava-se lúgubre nos seus vazios. Salvo as pilhas de aduelas e de arcos e o colchão do guarda nada mais havia ali. Armamos com aduelas dois assentos e uma mesa e sentamos para a longa vigília. Severall trouxera o seu rifle, e também um revólver, que me passou. Carregamos as armas e depusemo-las ao alcance das nossas mãos. O fraco círculo de luz que a lanterna projetava em redor mostrou-se insuficiente, e o doutor voltou a casa para trazer duas velas. Um dos lados do barracão tinha várias aberturas de janelas, de modo que houve necessidade de armarmos um anteparo para as luzes, a fim de abrigá-las do vento.

O doutor, que me pareceu dotado de nervos de aço, pôs-se a ler um livro; notei, porém, que a curtos espaços o repousava sobre os joelhos e atentava intensamente em derredor. Do meu lado tentei por duas ou três vezes interessar-me na leitura. Impossível. A excitação não o permitia. Meu pensamento ansiava por devassar o mistério envolvente. Esforcei-me por arrancar do cérebro hipóteses com alguma possibilidade. Inútil. Nada me ocorria. E ali fiquei esperando — esperando pelo que desse e viesse. Felizmente eu não estava só — nem sei se por nada no mundo seria capaz de ali ficar sem um companheiro.

Que infindável e tediosa noite! Fora, o murmurinho cavo das águas ameaçadoras, casado com o uivo sinistro do vento. E ali, a quietude pesada, apenas interrompida pelas nossas respirações e pelo rítmico voltear das páginas do livro do doutor. Também de quando em quando um pernilongo cantava sobre nossas cabeças. Súbito, meu coração bateu, ao ver Severall largar de chofre o livro e pôr-se de pé, com os olhos atentos a uma das janelas.

— Viu alguma coisa, Meldrum? — perguntou-me.

— Nada — respondi.

— Pois eu tive a sensação de qualquer movimento suspeito lá fora — disse, e passando a mão no revólver dirigiu-se para a janela. — Impossível divisar qualquer coisa, mas eu juraria que algo deslizou por baixo desta janela.

— Com certeza alguma folha de palmeira arremessada pelo vento — sugeri.

— Talvez — murmurou Severall, vindo sentar-se de novo, mas sempre de olhos na janela e de ouvidos atentos. Eu também me pus alerta. Nada, entretanto, vimos, nem ouvimos.

Logo depois nossos pensamentos tomaram outro rumo, em consequência do desencadear-se do temporal. Um corisco cegante iluminou a noite, seguido dum rebôo de trovão que estremeceu a tanoaria. A seguir, outro relâmpago e outro estrondo, como de monstruosa peça de artilharia. E a chuva desabou, como catadupa, ali aumentada cem vezes pela vibração do teto de zinco. A tanoaria dava a impressão dum bojo de tambor em toque. Irrompiam estranho misto de sons — grugulejos, esguichos, gotejamento, enxurros, gargarejos — os mil ruídos líquidos que a natureza produz nos momentos de terrificante lavagem, como aquele. Durou o temporal horas e horas, e a cada hora recrescia de violência.

— Palavra de honra! — exclamou Severall. — Vamos ter o dilúvio novamente. Todas as águas estão soltas e caem sobre nós. Felizmente a madrugada já vem rompendo e estamos quase com a superstição da "terceira" noite vencida.

A luz dúbia do dia já se denunciava nas janelas e começava a invadir a tanoaria sinistra. A chuva foi cedendo, ao final passou. O rio, porém, mugia em raiva crescente; suas águas vermelho-terra espedaçavam-se na carreira em catadupa. Senti-me inquieto pela sorte do Gamecock.

— Preciso voltar para bordo — murmurei. — Se a âncora ficou encravada, não poderemos subir o rio.

— Não creio que haja acontecido isso. A ilha é de bom abrigo como um dique — sossegou-me o doutor. — Vamos, sim, para casa, fazer o café.

Eu sentia-me entanguido, de modo que a sugestão do café me soou agradável. Deixamos a tanoaria com o seu mistério ainda indecifrado e fomos para casa, a patinhar pela terra em papas.

— Faça-me o obséquio de acender essa lâmpada — pediu-me o doutor, erguendo uma lâmpada a minha altura. — Antes de mais nada tenho de ver como Walker passou a noite.

E foi, para voltar instantes depois com as afeições demudadas.

— Perdido, Walker! — gritou-me com os olhos em assombro.

Aquelas palavras gelaram-me. Um arrepio de horror percorreu-me a espinha. Olhei para ele apatetadamente.

— Isso mesmo! Walker foi-se. Venha ver.

Segui-o sem pronunciar uma palavra, e a primeira coisa que vi ao penetrar no quarto do doente foi o próprio Walker na cama, vestido com as flanelas com que o vestíramos depois do jantar.

— Oh, não está morto! — gritei com um raio de esperança. O doutor mostrava-se horrivelmente agitado. Suas mãos tremiam.

— Está morto de horas — respondeu-me.

— Da febre?

— Febre? Olhe para seus pés.

Olhei e não contive um grito de horror. Tinha um dos pés não apenas destroçado, mas virado às avessas, na mais grotesca distorção.

— Meu Deus! — exclamei. — Que é que teria feito isto?

Severall apalpava o peito do morto.

— Apalpe aqui — disse-me.

Assim fiz e não encontrei nenhuma resistência. O corpo de Walker estava mole. Como o das bonecas de pano.

— Os ossos do peito foram-se — disse Severall num murmúrio de pavor. — Moído por dentro. Felizmente estava sob a ação do láudano. Pelo rosto se vê que morreu em pleno sono.

— Mas que é que...

— Não suporto isso mais — gemeu o doutor correndo a mão pela testa. — Não sei se sou mais covarde que os outros homens, mas não suporto mais isto. Se o senhor vai ao Gamecock...

— Venha comigo — gritei. — Já!

E fomos. E se não fomos a correr foi por efeito duns restos de dignidade humana que aparentávamos um para o outro. Era perigoso navegar na canoa leve de que dispúnhamos, num dia de água grossa como aquele; mesmo assim não demos um só pensamento a esse perigo. O doutor baldeava a água e eu remava com fúria — e assim alcançamos o iate. Lá, com duzentos metros de espaço entre nós e a ilha maldita, fomos voltando a nós mesmos.

— Daqui uma hora já poderemos retornar à ilha para exame da situação — propôs o doutor. — Não quero por coisa nenhuma que os negros me vejam neste estado de ânimo.

— Já mandei que o *steward*[4] preparasse o *breakfast* — disse eu. — Logo em seguida voltaremos. Mas pelo amor de Deus, doutor Severall, o que teria feito aquilo?

— Não sei. O caso desorienta-me. Sempre que eu ouvi falar dos diabolismos do Vodoo ri-me, como todos nós fazemos. Mas o fato é que Walker, um homem digno, temente a Deus, inglês de pura cepa, lá está sem ossos dentro do corpo. Isto é positivamente diabólico. — E depois de atentar em qualquer coisa no iate: — Olhe lá, Meldrum, aquele seu marinheiro está bêbado ou louco?

Voltei-me. O velho Petterson, o decano da minha equipagem, marinheiro forte como as pirâmides, estava de guarda à proa, com um croque de longo cabo em punho para desviar os troncos que a corrente trazia em direção ao Gamecock. O velho olhava para a frente com olhos arregalados, apontando com o dedo.

— Olhem! Olhem! — gritava ele.

Olhamos todos. Um enorme tronco negro descia a correnteza com o dorso luzidio lavado pela água. À frente dele — cerca de três pés à frente — num *S* como de certas figuras de proa, uma cabeça hedionda, oscilava de um lado e de outro. Cabeça chata, maligna, do tamanho dum barrilete e da cor indecisa dos fungos; já o pescoço tinha outro tom, pintalgado que era de manchas de ouro e negras. O tronco de estranha cabeça derivou ao longo do Gamecock, bem perto, e pudemos ver dois imensos anéis a envolvê-lo num abraço e depois perder-se num grande oco. Súbito, a cabeça ergueu-se a dez pés de altura e olhou para o iate com

....

4 Em inglês, comissário, mordomo, garçom de navio ou de trem. (N.E.)

olhos duríssimos que fascinavam. Instantes depois o tronco já ia longe, afastando-nos da vista o seu hediondo morador.

— Que é? — indaguei.

— O tal demônio da tanoaria — respondeu o doutor, já mudado e no mesmo tom com que me recebera na véspera; tom de confiança em si, agora que o mistério se solvera. Sim, era esse o demônio que nos caçava os guardas e deu cabo do pobre Walker. É a grande serpente do Gabão.

Relembrei logo as histórias que viera ouvindo por aquela costa africana, das monstruosas jiboias do interior, de apetite terrível e hábeis em triturar os ossos das suas vítimas. E imediatamente meu cérebro, livre do terror do ignoto, volveu ao normal. Quem poderia dizer de que fundo das florestas virgens havia vindo aquele monstro? A enchente a lançara na baía da ilhota, dentro de sua toca — um oco no tronco que lá viramos no meio da tranqueira vegetal. A tanoaria era a casa mais próxima, e por duas vezes o seu apetite, naquela zona donde toda vida animal fugira, a fizera ir até lá à caça de homens. O que de noite Severall havia ouvido — o rumor rente à janela, era da serpente em busca de nova presa. A luz dentro do barracão a assustara e a fizera ir caçar ao pobre Walker.

— Mas por que não o levou consigo, depois de havê-lo triturado? — indaguei.

— Aquela terrível sucessão de raios e trovões naquele momento atemorizou-a e fê-la fugir para a toca. Aí está o *steward* a chamar-nos, Meldrum. Vamos ao *breakfast*, e depressa. Quanto antes voltarmos à ilha melhor... para que os negros não pensem que ficamos atemorizados.

O DOUTOR NEGRO

Bishop's Crossing é um pequeno vilarejo a dez milhas sudoeste de Liverpool. Lá apareceu, há muitos anos, um doutor de nome Aloisio Lana, sem que pessoa alguma soubesse donde vinha. Dois fatos apenas eram conhecidos a seu respeito — que se doutorara com algum brilho em Glasgow e que procedia dalguma raça tropical. Tinha a pele como a de um indiano; nas feições, entretanto, mostrava-se nitidamente europeu, bastante tocado a espanhol. A pele escura, os cabelos negros como asa de corvo, os olhos também negros e brilhantíssimos, sombreados por muita sobrancelha, punham-no em estranho contraste com os louros nativos do vilarejo. Desse contraste veio o nome pelo qual se tornou conhecido — O Doutor Negro de Bishop's Crossing. A princípio, o apelido fora pejorativo; com o tempo, entretanto, foi-se tornando um título de honra, conhecido não só daquela comunidade como em toda zona em redor.

Isso porque o dr. Lana se revelara um hábil cirurgião e perfeito clínico. Antes da sua vinda o médico local era Edward Rowe, filho de um famoso cirurgião de Liverpool; mas Rowe não herdara os talentos do pai e breve Lana o suplantou completamente. Uma notável operação cirúrgica no segundo filho de Lord Belton serviu para introduzi-lo na alta sociedade, da qual logo se tornou um favorito, graças ao encanto da sua conversação e à elegância das suas maneiras. Ausência de antecedentes e desconhecimento da família muitas vezes favorecem a elevação social dum homem, como neste caso do dr. Lana.

Seus clientes só lhe admitiam um defeito — ser solteiro. Isso ainda causava maior estranheza pelo fato de viver numa ampla vivenda e já ter enriquecido na clínica. A princípio os casamenteiros locais tramaram-lhe várias uniões com os melhores partidos de Crossing; mas como ele permanecesse frio a essas manobras ou sugestões, ficou estabelecido que se não se casava era por ter razões muito sérias para isso. Alguns chegavam a propalar que era casado e se refugiara ali em Bishop justamente para fugir a "qualquer coisa". Por fim, quando os mexeriqueiros se cansaram de preocupar-se com o seu celibato, irrompeu uma notícia de sensação: o dr. Lana pedira Miss Frances Morton, de Leigh Hall.

Miss Morton era uma das moças mais conhecidas na zona, pois seu pai, James Haldane Morton, fora em tempos o *Squire*[1] da cidade. Estava agora órfã e vivia com o irmão único, Artur Morton, o herdeiro dos bens familiares. Miss Morton era uma jovem alta e bem-conformada, muito conhecida pela impetuosidade da sua natureza e extrema força de caráter. Encontrara-se com o médico numa festa e logo se estabeleceu entre ambos a camaradagem que iria desfechar em amor. O devotamento de um para o outro era extremo. A diferença de idade não deixava de ser um tanto forte — ela com 24 anos, ele com 37; mas, excetuado isto, nada mais objetava contra a união. O pedido ocorreu em fevereiro e o casamento foi marcado para agosto.

A 3 de junho o dr. Lana recebeu uma carta do exterior. Em comunidade daquele tamanho o agente do correio torna-se uma fonte de boatos; era o que sucedia com Mr. Blankley cuja situação postal o punha na posse de muitos segredinhos familiares. Na carta recebida pelo dr. Lana notou ele o estranho do envelope e a procedência. Vinha de Buenos Aires e era a primeira que o médico recebia do exterior desde que lá aportara. Isso causou espécie.

No dia seguinte ao recebimento da carta — isto é, no dia 4 de junho — o dr. Lana foi procurar Miss Morton, com a qual teve longa conferência. Ao voltar mostrava-se agitado. Quanto à moça, fechou-se pelo resto do dia no quarto, e mais tarde a criada notou que tinha os olhos vermelhos de tanto chorar. Isso deu curso ao boato que passou a correr do rompimento entre os noivos, do procedimento indigno do dr. Lana e da possibilidade de ser chicoteado pelo irmão da moça.

---

1 *Em inglês, escudeiro. (N.E.)*

Qual a "indignidade" do procedimento do médico era coisa ignorada, e o campo ficava livre para suposições das mais engenhosas; mas fora tomada como prova da sua culpabilidade a circunstância de não mais passar por Leigh Hall, nem comparecer ao serviço religioso dos domingos, onde poderia encontrar-se com a ex-noiva. Também apareceu no *Lancet* um anúncio sobre um consultório a vender-se no interior, sem menção de local ou do nome do vendedor; esse anúncio foi logo interpretado como sendo do dr. Lana. Estava a situação assim quando, na manhã de segunda--feira, 21 de junho, aquele pequeno escândalo de aldeia transformou-se numa tragédia de tomar a atenção do país inteiro. Alguns detalhes são necessários para a perfeita compreensão do ocorrido naquela manhã.

Os únicos serviçais do doutor que dormiam em casa eram a sua caseira, uma velha de nome Martha Woods, e uma criada moça, Mary Pilling. O cocheiro e um auxiliar de gabinete dormiam fora. O doutor tinha o hábito de permanecer até altas horas em seu gabinete, o qual dava para a sala de cirurgia. Ambos os cômodos ficavam longe do quarto das criadas. Naquela ala da casa havia uma segunda entrada para comodidade dos pacientes, de modo que o doutor pudesse receber visitas sem que ninguém soubesse. Em geral, quando algum cliente vinha fora de horas, ele o admitia pela porta lateral sem que as criadas, já recolhidas, nada vissem.

Na noite da tragédia Martha Woods passou pelo gabinete do doutor às nove e meia e viu-o na secretária a escrever. Deu-lhe boa noite, mandou que Mary se recolhesse e ainda ficou ocupada em arranjos domésticos até lá pelas onze horas. Em seguida também se recolheu. Um quarto de hora depois ouviu um grito. Pôs-se atenta. O grito não se repetiu e ela, então, alarmada, enfiou a saia e correu até o gabinete do doutor.

—Quem é? —perguntou de dentro uma voz, logo que Mrs. Woods bateu.

—Eu, senhor. Mrs. Woods.

—Deixe-me em paz, sim? Volte para seu quarto —foi a resposta que obteve. O tom áspero lhe causou estranheza e a fez observar:

—Pensei ter ouvido um grito de chamado, sir. —Em seguida retirou-se. O relógio marcava onze e meia.

Nesse entretempo, de onze e meia à meia noite (a caseira não pôde precisar com exatidão a hora), alguém tocou chamando o médico; mas não obteve resposta. Esta cliente tardia era Mrs. Madding, esposa dum vendeiro atacado de febre tifoide. O dr. Lana tinha-o visitado pela manhã e recomendara à mulher que lhe levasse notícias do doente à noite. De conformidade com isso a mulher veio de noite e bateu na porta do gabinete por várias vezes; não obtendo resposta, supôs que o médico estivesse ausente, a chamado. E tratou de voltar para casa.

Da residência do doutor até a estrada existia uma trilha tortuosa, com um lampião no extremo. No momento em que Mrs. Madding se retirava percebeu um vulto que vinha pela trilha. Julgou que fosse o médico já de volta e esperou-o no portão. Com surpresa verificou que não era o doutor e sim Mr. Artur Morton, bastante excitado e com uma pesada bengala em punho.

— O doutor não está — disse a mulher logo que o moço se aproximou.

— Como sabe?

— Estive batendo na porta do seu gabinete para dar notícias do meu marido.

— Mas há luz lá dentro — observou o moço. — Parece que é no seu gabinete, não?

— É, sim; mas o doutor está fora.

— Bem. Há de voltar — rosnou o moço, e plantou-se à espera, enquanto Mrs. Madding seguia seu caminho.

Às três da madrugada o marido piorou, e ela, num susto, correu novamente à casa do médico. Ao cruzar o portão, surpreendeu-se de ver que alguém se esgueirava por entre as touças de loureiro. Pareceu-lhe ser um homem — Mr. Artur Morton, certamente. Preocupada com o seu caso pessoal, porém, a mulher não prestou maior atenção e prosseguiu no que a trazia.

Quando Mrs. Madding chegou ao gabinete do doutor viu que a luz ainda estava acesa. Bateu. Nada de resposta. Bateu mais vezes, sempre sem resultado. Parecia-lhe impossível que o doutor houvesse ido deitar-se deixando a luz acesa. Quem sabe se está dormindo aí mesmo no gabinete? — pensou, e bateu na vidraça. Por fim, como não obtivesse resposta, espiou.

O gabinete estava iluminado por um lampião no centro da mesa, cheia de livros e instrumentos que ela não entendia. Nada lhe pareceu fora do natural, exceto uma luva que viu caída no tapete, justamente no limite da sombra que a mesa projetava. Mas seus olhos logo se afeiçoaram à claridade e Mrs. Madding, com um arrepio de horror, percebeu que o que tomara como luva era a mão de um homem cujo corpo jazia por terra. Compreendendo que algo anormal havia sucedido, correu aos quartos do fundo para despertar Mrs. Woods e a outra criada. Mrs. Woods mandou que esta corresse a chamar a polícia enquanto ela com Mrs. Madding tomavam rumo do gabinete, passando por dentro da casa.

O dr. Lana estava caído por terra, morto. Um dos olhos enegrecidos e outras contusões indicavam ter havido luta. O leve tumefacto do rosto induzia a crer em morte por estrangulação. Estava vestido com a roupa de trabalho, mas de chinelas de solas perfeitamente limpas, enquanto pelo tapete se viam inúmeras marcas de tacões de botas sujas de terra, presumivelmente deixadas pelo assassino. Tornava-se evidente que alguém penetrara no gabinete, matara o doutor e fugira impercebido. Que o criminoso era um homem, as pegadas no tapete diziam-no de modo irrefragável — mas fora destes elementos a polícia nada mais pôde colher.

Vestígios de roubo não os havia; o próprio relógio do doutor conservava-se em seu bolso. A pesada caixa-forte do gabinete não tinha sido forçada. Encontraram-na, entretanto, vazia. Mrs. Woods declarou que uma forte soma de dinheiro era sempre guardada ali; mas como na véspera o doutor houvesse liquidado um débito alto, ficou assente que o vazio da caixa se explicava dessa maneira e não de outra. Uma só coisa faltava no gabinete — um retrato de Miss Morton. Fora arrancado da moldura e levado. Mrs. Woods declarou que o retrato estivera na moldura ainda pela manhã do dia do crime. No chão foi encontrado um tapa-olho de fazenda preta que Mrs. Woods jamais vira lá, embora pudesse ser do doutor. Esse objeto, entretanto, em nada ajudava o esclarecimento do crime.

As suspeitas voltaram-se contra Artur Morton, que foi preso. Evidência apenas circunstancial, mas forte. Esse moço era extremamente devotado à irmã e por várias vezes depois da ruptura ouviram-no abrir-se em ameaças contra o doutor.

Fora também testemunhado que às onze horas, na noite do crime, estivera junto à casa da vítima com um forte bastão em punho, e ficou estabelecido que o grito que Mrs. Woods ouvira ocorrera nesta mesma ocasião. Quando Mrs. Woods veio ver o que havia o doutor estava provavelmente a explicar-se com o irmão da ex-noiva, e por isso lhe dera aquela ordem áspera, de recolher-se. A conversa entre os dois prolongara-se e fora se esquentando, até que sobreveio a luta na qual o médico perdeu a vida. O fato revelado pela autópsia, de que o seu coração não estava perfeito, doença da qual ninguém em vida lhe suspeitara, podia tornar admissível a hipótese de que ele sucumbisse a golpes de nenhum modo mortais para um indivíduo são. Depois do assalto, Morton arrancara da moldura o retrato da irmã e voltara para casa; foi quando de novo encontrou

Mrs. Madding, na sua segunda vinda em procura do médico. Assim ficaram postos os fatos, e assim seriam apresentados ao júri pelo acusador.

Mas a defesa se escorava em pontos muito sérios. Os antecedentes de Morton falavam a seu favor. Apesar de impetuoso como a irmã, todos o estimavam pela honestidade e o consideravam incapaz dum crime. Sua explicação dos fatos foi que de fato deliberara tomar um ajuste de contas com o dr. Lana a propósito de assuntos de família (ele jamais proferiu o nome de sua irmã). Não tentou negar que esse ajuste teria de ser desagradável e declarou que ao chegar ao portão soubera por uma cliente, que ia saindo, que o doutor não estava em casa. Que o esperou na porta até três horas da manhã, só então desistindo dos seus propósitos e voltando para casa. Quanto ao crime, sabia tanto quanto o policial que o prendera. Declarou ainda que sempre fora amigo do assassinado, mas que certas circunstâncias, que não vinha ao caso mencionar, haviam ultimamente rompido essas boas relações.

Vários fatos apoiavam a sua inocência. Era certo que dr. Lana ainda estava bem vivo em seu gabinete às onze e meia; Mrs. Woods jurava ter sido a essa hora que lhe ouvira a voz. Mas os amigos do dr. Lana argumentavam que a essa hora ele não se achava só no gabinete. O grito que Mrs. Woods ouvira e a resposta áspera que lhe dera o doutor, ordenando que se recolhesse, provavam isso. Se era assim, ficava então provado que a morte ocorrera entre a hora do grito e a hora em que Mrs. Madding lá apareceu pela primeira vez. Mas, se a morte ocorrera nesse entretempo, o criminoso não poderia ter sido Morton, o qual só apareceu em cena *depois* disso.

Se essa hipótese era a verdadeira e se alguém mais esteve com dr. Lana antes que Mrs. Madding encontrasse Mr. Morton, quem podia ser esse alguém? Se os amigos do acusado pudessem lançar luz sobre essa circunstância, dariam um grande passo em seu favor. Mas como provar a presença de mais alguém? Quando Mrs. Madding foi bater na porta do seu gabinete o doutor tanto podia estar no interior da casa como fora. Se esteve fora, ao voltar teria encontrado Morton a sua espera. Os amigos de Morton alegavam que a fotografia de sua irmã, retirada da moldura, não fora encontrada em parte nenhuma da sua residência — argumento de pouca valia porque houvera tempo de sobra para fazê-la desaparecer, queimada, por exemplo. Quanto às marcas no tapete, constituíam fraca prova, por impossibilidade de identificação. O mais que podia ser dito era que não correspondiam ao estado das botas de Morton, bastante sujas de lama naquele dia. Chovera muito pela manhã.

Tais os elementos colhidos sobre a tragédia que empolgava todo o país. A origem ignorada do doutor, sua estranha personalidade, a posição social do acusado bem como o caso de amor que precedera o crime, eram detalhes suficientes para tornar sensacional o fato. O país inteiro discutia a morte do Doutor Negro de Bishop's Crossing, com grande abundância de interpretações. Nenhuma delas, porém, preparou o espírito público para o que mais tarde iria desenrolar-se no plenário. A copiosa reportagem do Lancaster Weekly está neste momento sob meus olhos, mas por amor à brevidade devo restringir-me ao ponto em que Miss Frances Morton entra em cena.

Mr. Porlock Carr, advogado da acusação, encadeara os fatos com a habilidade do costume, tornando bem difícil a tarefa de Mr. Humphrey, o encarregado da defesa. Diversas testemunhas depuseram a respeito das ameaças contra o doutor ouvidas de Artur Morton. Mrs. Madding repetiu o seu depoimento quanto ao encontro do acusado defronte da casa do morto, e outras testemunhas declararam que ele sabia ser hábito do doutor ficar até tarde da noite a ler em seu gabinete. Uma criada dos Mortons viu-se forçada a depor que Morton só se recolhera de madrugada, o que estava de acordo com o depoimento de Mrs. Madding, de tê-lo visto entre as moitas por ocasião da sua segunda ida à casa do médico. As botas sujas de lama, que o acusado usara naquela noite, e as marcas deixadas no tapete, foram tidas como indícios de muito peso.

Resumindo: o conjunto das provas contra Morton era de tal ordem que a sua condenação seria inevitável, a não ser que sobreviessem elementos inteiramente novos. Às três da tarde a acusação concluiu a sua tarefa. Às quatro e meia, porém, uma novidade veio alterar tudo. Reproduzo aqui os fatos como os li na folha que citei.

"Considerável sensação causou na assistência quando a primeira testemunha de defesa foi Miss Frances Morton, irmã do acusado. Os leitores já sabem que essa moça estivera noiva do dr. Lana e que foi a súbita ruptura do contrato matrimonial que levou o irmão ao crime. Miss Morton não estava de nenhum modo ligada ao inquérito, de modo que a sua aparição no tribunal causou surpresa.

Miss Morton, que é uma linda morena alta e forte, falou em voz baixa, porém calma, a despeito da sua emoção. Aludiu ao seu contrato de casamento com o doutor e à ruptura, devido a razões pessoais concernentes à família do doutor, e surpreendeu o tribunal declarando que sempre considerara absurdo e irrazoável o ressentimento de seu irmão contra o doutor.

Em resposta a uma pergunta do conselho, declarou ainda que da parte dela não havia absolutamente nada contra o dr. Lana, que sempre agira da maneira mais nobilitante. Seu irmão, todavia, mal informado sobre o assunto, interpretou os fatos de outra maneira e passou a falar em desforço e mais violências, chegando mesmo, na mesma manhã do crime, a dizer que 'ia acabar com aquilo'. Por mais que ela tentasse acalmá-lo, só encontrou de sua parte teimosia e resistências, com base em preconceitos e suposições falsas.

Até esse ponto o depoimento da moça apresentava-se mais contra do que a favor de seu irmão. As perguntas do advogado de defesa, porém, vieram mudar tudo.

Mr. Humphrey: Acredita que seu irmão é culpado deste crime?

O Juiz: Não posso permitir tal pergunta, Mr. Humphrey. Estamos aqui para decidir sobre questões de fato, e não sobre questões de fé.

Mr. Humphrey: A senhora sabe que o seu irmão não é culpado da morte do Dr. Lana?

Miss Morton: Sim.

Mr. Humphrey: Como sabe?

Miss Morton: Porque o Doutor Lana está vivo.

Essa imprevista declaração provocou tamanho tumulto no tribunal que o interrogatório teve de ser suspenso. Quando prosseguiu, Mr. Humphrey interpelou-a.

Mr. Humphrey: Como sabe que o Dr. Lana está vivo?

Miss Morton: Porque recebi uma carta sua datada depois da sua suposta morte.

Mr. Humphrey: Tem essa carta?

Miss Morton: Sim, mas prefiro não mostrá-la.

Mr. Humphrey: De onde procedia?

Miss Morton: Liverpool.

Mr. Humphrey: E a data?

Miss Morton: Vinte e dois de junho.

Mr. Humphrey: Esse é o dia posterior ao crime. Está pronta para jurar isso, Miss Morton?

Miss Morton: Certamente.

Mr. Humphrey: Estou preparado, senhor juiz, para fazer corroborar por seis testemunhas que essa carta é do próprio punho do dr. Lana.

Mr. Carr (da acusação): Senhor Juiz, eu peço vista desse documento para demonstrar que é falso. Não necessito de muito esforço para demonstrar ao conselho que essa inesperada alegação constitui um simples recurso dos amigos do acusado para perturbar a marcha dos trabalhos. Devo acentuar que de acordo com as suas próprias declarações Miss Morton já estava na posse dessa carta, durante as investigações preliminares da polícia. Acho pois estranho que tenha esperado tanto tempo para produzi-la.

Mr. Humphrey: Pode explicar isso, Miss Morton?
Miss Morton: O dr. Lana exigiu-me segredo.
Mr. Carro: Então por que motivo revela hoje?
Miss Morton: Para salvar meu irmão.

Um murmúrio de simpatia fremiu na assistência.

O Juiz: Admitindo esta linha de defesa, compete a Mr. Humphrey esclarecer como o cadáver encontrado no gabinete do doutor não era o dele.

Um membro do conselho: Alguém já exprimiu alguma dúvida sobre esse ponto?

Mr. Carr: Não, que eu saiba.
Mr. Humphrey: Declaro que tenho elementos para esclarecer o assunto.
O Juiz: Em vista disso, os trabalhos ficam adiados para amanhã."

O novo desenvolvimento do caso excitou ainda mais o interesse do público. Os comentários da imprensa suspenderam-se, porque o processo não estava concluído; mas toda a gente ficou a interrogar-se sobre até que ponto podia ser verdadeira a declaração de Miss Morton, ou se não passaria de um truque para salvar a vida do irmão. O dilema que se estabelecia era que, se por uma estranha circunstância o doutor Lana não era realmente o morto, então era o responsável pela morte dum homem que com ele se assemelhava extraordinariamente. A carta que Miss Morton se recusava a apresentar continha certamente uma confissão comprometedora, que a punha num impasse terrível – ou salvar seu irmão ou salvar seu ex-noivo. A reunião do juri no dia seguinte esteve concorridíssima, e um murmúrio elevou-se quando Mr. Humphrey, muito emocionado, apareceu. Umas poucas palavras foram pronunciadas – que deixaram Mr. Carr tonto. O advogado da defesa declarou ao Juiz que desistia de interrogar novamente Miss Morton.

"*O Juiz*: Mr. Humphrey, essa desistência vai deixar a sua causa em posição nada satisfatória.

Mr. Humphrey: Talvez o próximo depoimento de outra testemunha esclareça muito a situação.

O Juiz: Pode chamar essa testemunha.

Mr. Humphrey: Quero inquirir o dr. Aloisio Lana.

Impossível descrever a sensação causada no conselho e na assistência por aquelas palavras. Ficaram todos simplesmente atordoados, quando o homem, sobre cuja morte tinham de decidir, se apresentou em pessoa ao tribunal na qualidade de testemunha. Os que o conheciam em pessoa reconheceram-no incontinente, embora se mostrasse mais magro e abatido. Curvando-se numa reverência ao Juiz, o doutor indagou se lhe era permitido fazer uma longa exposição e, depois de avisado de que qualquer coisa que dissesse valeria contra si, curvou-se de novo e começou:

— Minha intenção é expor com a máxima verdade tudo quanto ocorreu na noite de 21 de junho. Se eu tivesse sabido que um inocente iria sofrer por minha causa, e que tantos desgostos cairiam sobre quem mais amo no mundo, já me teria apresentado há muito tempo. Mas houve circunstâncias que me deixaram na ignorância de tudo. Meu desejo foi apenas promover o desaparecimento de um homem infeliz, do meio social em que se relacionara; mas jamais supus que outras pessoas pudessem ser afetadas pelo meu ato. Permitam-me agora que repare o mal cometido.

'Para quem conhece a história da República Argentina o nome de Lana é familiar. Meu pai, que procedia do melhor sangue de Espanha, ocupou nesse país os mais elevados postos, e só não chegou à presidência em vista de sua morte prematura. Uma carreira brilhante estaria aberta para mim e meu irmão gêmeo Ernesto, se a ruína financeira não nos obrigasse a ganhar a vida com nosso trabalho pessoal. Peço perdão destes detalhes, à primeira vista irrelevantes; mas considero-os indispensáveis para a boa compreensão de tudo.

Eu tinha, como já disse, um irmão gêmeo de nome Ernesto, cuja semelhança comigo era tamanha que pouca gente nos diferenciava. Com o sobrevir dos anos a semelhança decresceu, porque houve modificações na expressão do rosto de cada um. Mesmo assim, ver Aloisio era ver Ernesto.

Não me fica bem apreciar o caráter dum morto, e ainda mais dum irmão; deixo isso a cargo dos que o conheceram. Apenas direi — e isso porque *tenho* de dizer — que desde muito cedo concebi verdadeiro horror por esse irmão, e com muito bons fundamentos. Minha honra sofria com seus atos, porque a nossa extrema semelhança fazia que recaísse sobre mim a responsabilidade de muita coisa que ele fazia. Em certa ocasião conseguiu de tal modo comprometer-me que me vi obrigado a deixar a Argentina para sempre, a fim de começar nova vida na Europa. A minha libertação da sua odiosa presença compensava com largueza o expatriamento. Estudei medicina em Glasgow e vim praticar em Bishop's Crossing, na firme convicção de que naquele recanto do mundo estaria a salvo dos seus botes.

Durante anos vivi em paz, porque vivi ignorado. Por fim fui descoberto. Um homem de Liverpool, que fez uma viagem a Buenos Aires, pô-lo na minha pista. Meu irmão havia por esse tempo perdido tudo quanto possuía e encasquetou de vir compartilhar do que eu juntara com o meu trabalho. Ciente da minha aversão por si, admitiu que eu pagaria o seu silêncio. E recebi uma carta sua dizendo que vinha. Considerei um desastre para mim a sua vinda, não só monetária como moralmente — e eu tinha o máximo empenho em preservar de aborrecimentos uma criatura que me era imensamente cara. Em vista disso dei passos para que o mal a sobrevir recaísse sobre minha cabeça apenas — e foi essa decisão que me fez tão mal compreendido de certa pessoa', disse o dr. Lana voltando-se para o acusado. 'Minha intenção era exclusivamente evitar que os que me eram caros se vissem imiscuídos num escândalo. Esse escândalo se daria com a simples presença de meu irmão em Crossing, ainda que depois eu obtivesse o seu afastamento para sempre.

Meu irmão chegou afinal certa noite, não muito tempo depois da sua carta. Eu estava em meu gabinete e as criadas já se haviam recolhido quando ouvi passos no pedregulho do jardim; logo depois vi sua cara a espiar-me pela vidraça. Tão semelhante a mim mesmo que tive a impressão de estar vendo o reflexo do meu próprio rosto nos vidros. Trazia um tampão de pano preto num dos olhos e sorriu-me sardonicamente, como muitas vezes me sorrira no passado. Percebi que continuava o mesmo e que vinha trazer-me novas desgraças. Mas como não havia remédio fui abrir-lhe a porta. Devia ser ali pelas dez horas.

Quando o vi à luz do lampião certifiquei-me de que seu estado era miserável. Devia ter vindo a pé de Liverpool e mostrava-se cansado e doente. A expressão do seu rosto chocou-me. Deu-me a impressão de estar sofrendo dalgum sério mal interno. Bêbado que era, tinha a cara cheia de contusões — sinais de luta. Logo que entrou tirou do olho o tampão de pano preto. Vestia uma camisa de flanela e tinha nos pés sapatões rotos. Este estado de miséria, porém, ainda mais acirrava o ódio que sempre tivera por mim. Ódio que chegava a mania. Acusou-me de estar na Inglaterra nadando em ouro enquanto ele padecia fome na Argentina. Não posso repetir os insultos que me dirigiu, nem as ameaças. Minha impressão era que o álcool e os desregramentos lhe haviam transtornado a razão. Pôs-se a medir passos pelo gabinete, como fera em jaula, ora exigindo dinheiro, ora a reclamar drinks, sempre na linguagem mais sórdida. Eu sou homem de gênio, mas educado e graças a Deus sei dominar-me. Mantive-me, pois, estritamente polido e frio. Isso o irritou ainda mais, e fê-lo deblaterar, e ameaçar, e avançar contra mim de punhos cerrados. Súbito, um horrível espasmo manifestou-se em sua cara e ele caiu como massa inerte aos meus pés, com um grito. Tomei-o nos braços e levei-o a um sofá, mas não consegui fazê-lo voltar a si. Morrera dum colapso do coração — e morrera vítima de sua própria violência.

Por longo tempo ali fiquei, de olhos postos no morto, como se tudo aquilo não passasse de um sonho. Despertou-me a batida de Mrs. Woods, que vinha indagar o que havia. Respondi-lhe que se recolhesse. Logo depois uma cliente bateu várias vezes; mas como eu não desse sinal de vida, retirou-se. Eu continuava imóvel, a refletir, e foi então que um plano começou a formar-se em meu cérebro. Por fim decidi-me, levado pelo instinto.

A entrada em cena do meu irmão viera tornar minha vida impossível em Crossing. Meus projetos de futuro já estavam arruinados e eu já defrontava com malevolência e ódio por parte de pessoas que antes eram amigas. Verdade é que com sua morte o eterno perigo de escândalo estava para sempre removido; mas havia o passado e não vi como o pudesse reparar. Talvez eu não levasse na devida conta os sentimentos de outros, mas o que então senti é o que estou narrando. Qualquer chance de afastar-me para sempre de Crossing e das pessoas que ali conhecia me era grata. E o destino me apresentava aquela, jamais esperada. Um cadáver que facilmente se passaria como sendo o meu...

Ninguém o vira chegar. Tudo me favorecia. Se eu o vestisse com as minhas roupas e o arrumasse no gabinete, ninguém seria capaz de suspeitar a verdade. Parte do meu dinheiro tinha-o guardado ali, e com ele eu poderia recomeçar a vida. Vestido com a roupa do morto era-me fácil alcançar Liverpool sem ser reconhecido. Preferível isso a permanecer em Crossing. Deliberei então fazer o que fiz.

Não vale a pena entrar em detalhes supérfluos; direi apenas que uma hora depois parti para Liverpool, onde cheguei nessa mesma noite. O dinheiro e um certo retrato foi tudo quanto levei.

Dou minha palavra de honra, senhor Juiz, que não me passou pela cabeça a ideia de que pudessem atribuir minha morte a um crime, nem calculei que o fato acarretasse mal a quem quer que fosse. Era apenas um truque para libertar pessoas queridas da minha já incômoda presença no mundo. Encontrei em Liverpool um vapor que partia para Corunha; tomei-o, na esperança de encontrar a bordo a calma necessária para ponderar no que fizera e no que tinha a fazer. Meu primeiro passo foi enviar uma carta explicativa a uma pessoa que não merecia sofrer por minha causa — e pedi-lhe que guardasse o mais absoluto segredo. Se sob a pressão dos acontecimentos ela quebrou o segredo, tem o meu mais inteiro e leal perdão.

Só ontem à noite voltei à Inglaterra, e portanto só ontem soube de todas essas ocorrências e da acusação que pesava sobre Mr. Artur Morton. Tomei o primeiro trem e compareci a este tribunal para depor o que me competia.'"

Tal foi o notável depoimento do dr. Aloisio Lana, que pôs termo ao processo. Investigações subsequentes provaram a verdade de tudo, inclusive da vinda de Ernesto Lana da Argentina. O médico do navio em que ele viera testemunhou que Ernesto realmente sofria de uma moléstia do coração em estado bastante grave, sendo naturalíssima a sua morte naquelas condições.

Quando o dr. Lana voltou para o vilarejo donde se retirara de tão estranha maneira, a reconciliação com Artur Morton não tardou, havendo este admitido que se equivocara completamente no juízo feito quanto à ruptura do casamento. Que também ouve outra reconciliação prova esta notícia que extraí do *Morning Post*:

"Realizou-se a 19 de setembro, na igreja de Bishop's Crossing, o casamento de Aloisio Xavier Lana, filho de dom Alfredo Lana, antigo ministro do Exterior da República Argentina, e de Frances Morton, filha única do falecido James Morton, J.P. – de Leigh Hall, Bishop's Crossing, Lancashire."

CONHEÇA OS
TÍTULOS DA COLEÇÃO
MISTÉRIO E SUSPENSE

- *A casa do medo*, Edgar Wallace
- *A ilha das almas selvagens*, H.G. Wells
- *A letra escarlate*, Nathaniel Hawthorne
- *A volta do parafuso*, Henry James
- *Arsène Lupin e a rolha de cristal*, Maurice Leblanc
- *Drácula vol. 1*, Bram Stoker
- *Drácula vol. 2*, Bram Stoker
- *Frankenstein*, Mary Shelley
- *Mandrake: a Bíblia e a bengala*, Rubem Fonseca
- *Nas montanhas da loucura*, H.P. Lovecraft
- *O cão dos Baskervilles*, Arthur Conan Doyle
- *O chamado de Cthulhu*, H.P. Lovecraft
- *O coração das trevas*, Joseph Conrad
- *O Doutor Negro e outros contos*, Arthur Conan Doyle
- *O Fantasma da Ópera*, Gaston Leroux
- *O homem invisível*, H.G. Wells
- *O hóspede de Drácula e outros contos estranhos*, Bram Stoker
- *O médico e o monstro*, Robert Louis Stevenson
- *O paraíso dos ladrões e outros casos do Padre Brown*, G.K. Chesterton
- *O retrato de Dorian Gray*, Oscar Wilde
- *O sussurro nas trevas*, H.P. Lovecraft
- *Os casos de Auguste Dupin*, Edgar Allan Poe
- *Os sete dedos da morte*, Bram Stoker
- *Os três instrumentos da morte e outros casos do Padre Brown*, G.K. Chesterton

DIREÇÃO EDITORIAL
Daniele Cajueiro

EDITORA RESPONSÁVEL
Ana Carla Sousa

PRODUÇÃO EDITORIAL
Adriana Torres
Laiane Flores
Mariana Oliveira

REVISÃO
Carolina Rodrigues
Juliana Borel
Allex Machado

PROJETO GRÁFICO E DIAGRAMAÇÃO
Anderson Junqueira

DIAGRAMAÇÃO
Alfredo Loureiro

Este livro foi impresso em 2023,
pela Corprint, para a Nova Fronteira.